First published in Great Britain 1952
by GEORGE G. HARRAP & CO. LTD
182–184 High Holborn, London WC1V 7AX

Reprinted: 1956; 1958; 1960; 1962; 1963; 1965; 1973;
1975

ISBN 0 245 52289 1

Printed in Great Britain by
REDWOOD BURN LIMITED
Trowbridge & Esher

SEPT PETITES CROIX DANS UN CARNET

BY
GEORGES SIMENON

EDITED BY
N. S. PEPPARD B.A.

ILLUSTRATED BY
W. T. MARS

HARRAP LONDON

SEPT PETITES CROIX
DANS UN CARNET

PREFACE

Georges Simenon is one of the best-known names in fiction to-day. His books are read and enjoyed in many languages all over the world, and although he produces them at a remarkable speed—in all, he has written one hundred and forty-eight—he maintains a high standard of writing, and numbers among his admirers many famous people. André Gide was one of these.

Born in Liège, Belgium, in 1903, Simenon chose his profession early, for his first book was published when he was sixteen. Three years later he moved to Paris, where he served his apprenticeship as a writer by turning out under seventeen pen-names a prodigious amount of popular fiction. Then he created the world-famous Inspector Maigret of the Sûreté, and from then on, writing under his own name, he produced story after story about this unassuming, pipe-smoking detective, who soon became a real person to his readers. Maigret's methods of detection are unspectacular, but fascinating and extremely effective. He concentrates not so much on material clues as on the mind of the criminal, and by a careful study of the psychological elements of the case gradually unravels the most baffling of mysteries.

Simenon now lives in Switzerland, where he is happily settled. He continues to write both general fiction and detective stories, and to establish himself as a writer of distinct literary merit. Among his general fiction works are *L'Homme qui regardait passer les trains, La Neige était sale* (a moving story of a country under military occupation in times of war), *Le Testament Donadieu, Les Pitard,* and many others.

Although in his crime stories Simenon's detective is occasionally a gifted amateur, like his *Petit Docteur,* the central character is most often the professional detective, backed by all the forces of police authority. Simenon has an unrivalled knowledge of the atmosphere and procedure of the French police force, and in *Sept petites Croix dans un Carnet* this knowledge is displayed to the full, for the story unfolds almost entirely inside the Paris police headquarters. Our detective is not Maigret this time, but Inspector André Lecœur, who finds his Christmas complicated by a double spell of duty at the police station and a murder involving members of his family. Strange things are happening all over Paris this Christmas Eve, and the reader is led through each stage of the mystery from inside headquarters. The crosses entered by Inspector Lecœur in his notebook, the lights on the street map of Paris on the wall flashing on and off, the telephone calls, and all the sources of information available to the police build up the story piece by piece until the final exciting solution of the mystery. This is Simenon the detective-story writer at his best.

I

Chez moi, dit Sommer, qui était en train de préparer du café sur un réchaud électrique, on allait tous ensemble à la messe de minuit et le village était à une demi-heure de la ferme. Nous étions cinq fils. L'hiver était plus froid en ce temps-là, car je me souviens d'avoir fait la route en traîneau.

Lecœur, devant son standard téléphonique aux centaines de fiches, avait repoussé les écouteurs de ses oreilles afin de suivre la conversation.

— Dans quelle région?

— En Lorraine.

— L'hiver n'était pas plus froid en Lorraine il y a quarante ans qu'à présent, mais les paysans ne possédaient pas d'autos. Combien de fois es-tu allé à la messe de minuit en traîneau?

— Je ne sais pas...

— Trois fois? Deux fois? Peut-être une seule? Mais cela t'a frappé parce que tu étais enfant.

— En tout cas, en rentrant, on trouvait un fameux boudin comme je n'en ai jamais mangé depuis. Et ça, ce n'est pas une idée.[1] On n'a jamais su comment ma mère le faisait, ni ce qu'elle mettait dedans, qui le rendait différent de tous les autres boudins. Ma femme a essayé. Elle a demandé à ma sœur aînée, qui prétendait avoir la recette de maman.

Il marcha jusqu'à une des grandes fenêtres sans

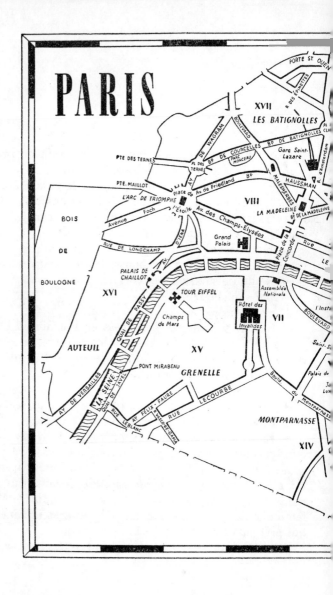

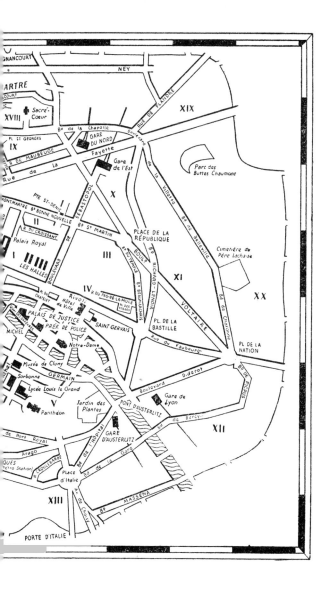

rideaux derrière lesquelles il n'y avait que l'obscurité, gratta la vitre avec son ongle.

— Tiens! Il y a du givre. Et ça aussi, ça me rappelle quand j'étais petit. Le matin, pour me laver, je devais souvent casser l'eau du broc, qui était pourtant dans ma chambre.

— Parce que le chauffage central n'existait pas, objecta tranquillement Lecœur.

Ils étaient trois, trois nuiteux, comme on disait, enfermés dans cette vaste pièce depuis la veille à onze heures du soir. Maintenant, c'était le coup de fatigue[2] de six heures du matin. Des restes de victuailles traînaient sur les meubles, avec trois ou quatre bouteilles vides.

Une lumière, grande comme un cachet d'aspirine, s'alluma, sur un des murs.

— XIIIe arrondissement,[3] murmura Lecœur en rajustant son casque. Quartier Croulebarbe.

Il saisit une fiche, la poussa dans un des trous.

— Quartier Croulebarbe? Votre car[4] vient de sortir. Qu'est-ce que c'est?

— Un agent qui appelle, boulevard Masséna. Rixe entre deux ivrognes.

Soigneusement, Lecœur traça une petite croix dans une des colonnes de son calepin.

— Qu'est-ce que vous faites, chez vous?

— On n'est que quatre au poste. Il y en a deux qui jouent aux dominos.

— Vous avez mangé du boudin?

— Non. Pourquoi?

— Pour rien. Je raccroche. Il se passe quelque chose dans le seizième.

Un gigantesque plan de Paris était peint sur le mur, en face de lui, et les petites lampes qui s'y allumaient représentaient les postes de police. Dès qu'un de ceux-ci était alerté pour une raison quelconque, l'ampoule s'éclairait, Lecœur poussait sa fiche.

— Allô! Quartier Chaillot? Votre car vient de sortir.

Dans chacun des vingt arrondissements de Paris, devant la lanterne bleue de chaque commissariat, un ou plusieurs cars attendaient de se précipiter au premier appel.

— Comment?

— Véronal.

Une femme, évidemment. C'était la troisième cette nuit, la seconde dans le quartier élégant de Passy.

Lecœur traça une croix dans une autre colonne tandis que Mambret, à son bureau, remplissait des formules administratives.

— Allô! Odéon? Que se passe-t-il chez vous? Auto volée?

Cela, c'était pour Mambret, qui prenait des notes, décrochait un autre appareil, dictait le signalement de la voiture à Piedbœuf, le télégraphiste, dont ils entendaient bourdonner la voix juste au-dessus de leur tête. C'était la quarante-huitième auto volée que Piedbœuf avait à signaler depuis onze heures.

Pour d'autres, la nuit de Noël[5] devait avoir une saveur spéciale. Des centaines de milliers de Parisiens s'étaient engouffrés dans les théâtres, dans les cinémas. Des milliers d'autres avaient, jusque très tard, fait leurs emplettes dans les grands magasins où des

vendeurs aux jambes molles[6] s'agitaient comme dans
un cauchemar devant leurs rayons presque vides.

Il y avait, derrière les rideaux tirés, des réunions
familiales, des dindes qui rôtissaient, des boudins sans
doute préparés, comme celui de Sommer, selon une
recette familiale, soigneusement transmise de mère en
fille.

Il y avait des enfants qui dormaient fiévreusement
et des parents qui, sans bruit, arrangeaient des jouets
autour de l'arbre.

Il y avait les restaurants, les cabarets où toutes les
tables étaient retenues depuis huit jours.   Il y avait,
sur la Seine, la péniche de l'Armée du Salut où les
clochards faisaient la queue en reniflant de bonnes
odeurs.

Sommer avait une femme et des enfants. Piedbœuf,
là-haut, le télégraphiste, était père depuis huit jours.[7]

Sans le givre sur les vitres, ils n'auraient pas su qu'il
faisait froid dehors et ils ne connaissaient pas la
couleur de cette nuit-là. Pour eux, c'était la couleur jaunâtre de ce vaste bureau, en face du Palais
de Justice,[8] dans les bâtiments de la Préfecture
de Police qui étaient vides autour d'eux, où après-
demain seulement les gens se précipiteraient à nouveau
pour des cartes d'étrangers, des permis de conduire, des
visas de passeports, des réclamations de toutes sortes.

En bas, dans la cour, des cars attendaient, pour les
cas importants, avec les hommes somnolant sur les
banquettes.

Mais il n'y avait pas eu de cas importants. Les
petites croix, dans le carnet de Lecœur, étaient

éloquentes. Il ne se donnait pas la peine de les
compter. Il savait qu'il y en avait près de deux cents
à la colonne des ivrognes.

Parce qu'on n'était pas sévère cette nuit-là, évidemment. Les sergents de ville essayaient de persuader
les gens de rentrer chez eux sans esclandre. On
n'intervenait que quand ils avaient le vin méchant,[9]
qu'ils se mettaient à casser les verres autour d'eux ou à
menacer de paisibles consommateurs.

Deux cents types—dont quelques femmes—dans
les différents postes de police, qui dormaient lourdement sur les planches, derrière les grilles.

Cinq coups de couteau, deux à la Porte d'Italie et
trois tout en haut de Montmartre, pas dans le Montmartre des boîtes de nuit,[10] mais dans la zone, dans les
baraques faites de vieilles caisses et de carton bitumé
où vivent plus de cent mille Nord-Africains.

Quelques enfants perdus—d'ailleurs retrouvés peu
après—à l'heure des messes, dans la cohue.

— Allô! Chaillot? Comment va la femme au
véronal?

Elle n'était pas morte. Celles-là meurent rarement.
La plupart du temps, elles s'arrangent pour ne pas
mourir. Le geste suffit.

— A propos de boudin, commença Mambret, qui
fumait une grosse pipe en écume,[11] cela me rappelle…

On ne sut pas ce que cela lui rappelait. On entendait, dans l'escalier non éclairé, des pas hésitants, une
main tâtonnait, on voyait tourner le bouton de la
porte. Ils regardaient tous les trois, surpris que
quelqu'un eût l'idée[12] de venir les trouver de la sorte,
à six heures du matin.

— Salut! fit[13] l'homme en lançant son chapeau sur une chaise.

— Qu'est-ce que tu viens faire ici, Janvier?

C'était un inspecteur de la brigade des homicides, un jeune, qui alla d'abord se chauffer les mains au-dessus du radiateur.

— Je m'ennuyais, tout seul là-bas, dit-il. Si le tueur fait des siennes,[14] c'est ici que je serai le plus vite informé.

Il avait passé la nuit, lui aussi, mais de l'autre côté de la rue, dans les bureaux de la Police Judiciaire.[15]

— Je peux? questionna-t-il en soulevant la cafetière. Le vent est glacé.

Il en avait les oreilles rouges, les paupières clignotantes.

— On ne saura rien avant huit heures du matin, probablement plus tard, dit Lecœur.

Il y avait quinze ans qu'il passait ses nuits ici, devant la carte aux petites lampes, devant son standard téléphonique. Il connaissait par leur nom la plupart des agents de Paris, des nuiteux en tout cas. Il était même au courant de leurs petites affaires car, les nuits calmes, quand les lampes restaient longtemps sans s'allumer, on bavardait à travers l'espace.

— Comment cela va-t-il, chez vous?

Il connaissait aussi la plupart des postes de police, mais pas tous. Il en imaginait l'atmosphère, les sergents de ville à ceinturon relâché, au col ouvert, qui, comme on le faisait ici, se préparaient du café. Mais il ne les avait jamais vus. Il ne les aurait pas reconnus dans la rue. Pas plus qu'il n'avait mis les pieds dans ces hôpitaux dont les noms lui étaient aussi familiers qu'à d'autres les noms des tantes et des oncles.

— Allô! Bichat? Comment va le blessé qu'on vous a amené il y a vingt minutes? Mort?

Une petite croix dans le calepin. On pouvait lui poser des questions difficiles:

« — Combien y a-t-il, chaque année, à Paris, de crimes, qui ont l'argent pour mobile? »

Sans hésiter, il répondait:

« — Soixante-sept.

« — Combien de meurtres commis par des étrangers?

« — Quarante-deux.

« — Combien de...? »

Il n'en montrait aucun orgueil. Il était méticuleux, un point c'est tout.[16] C'était son métier. Il n'était pas tenu à[17] inscrire les petites croix dans son carnet, mais cela l'aidait à passer le temps et cela lui procurait autant de satisfaction qu'une collection de timbres-poste.

Il n'était pas marié. On ne savait même pas où il habitait, ce qu'il devenait[18] une fois sorti de ce bureau où il vivait la nuit. A vrai dire, on l'imaginait mal dehors, dans la rue, comme tout le monde.

« — Pour les choses importantes, il faut attendre que les gens se lèvent, que les concierges montent le courrier, que les bonnes préparent le petit déjeuner et aillent[19] éveiller leurs patrons. »

Il n'avait aucun mérite à le savoir, puisque c'était toujours ainsi que cela se passait. Plus tôt en été, plus tard en hiver. Et, aujourd'hui, ce serait plus tard encore, étant donné qu'une bonne partie de la population était à cuver le vin et le champagne du réveillon.[20]   Il y avait encore des gens dans les rues, des portes de restaurants qui s'entr'ouvraient pour laisser sortir les derniers clients.

On signalerait de nouvelles autos volées.   Probablement aussi deux ou trois ivrognes saisis par le froid.[21]

—Allô!   Saint-Gervais?...

Son Paris était un Paris à part, dont les monuments n'étaient pas la Tour Eiffel, l'Opéra ou le Louvre, mais de sombres immeubles administratifs avec un car de police sous la lanterne bleue et, contre le mur, les vélos des agents cyclistes.

— Le patron, disait Janvier, est persuadé que l'homme fera quelque chose cette nuit.   Ce sont des nuits pour ces gens-là.   Les fêtes, ça les excite.

On ne prononçait pas de nom, parce qu'on n'en connaissait pas.   On ne pouvait même pas dire « l'homme au pardessus beige », ou « l'homme au chapeau gris », puisque personne ne l'avait vu.   Certains journaux l'avaient appelé M. Dimanche, parce que trois des meurtres avaient été commis un dimanche, mais il y en avait eu, depuis, cinq encore, commis d'autres jours de la semaine, à la moyenne d'un par semaine, mais sans que ça non plus fût[22] régulier.

— C'est à cause de lui qu'on t'a fait veiller?

Pour la même raison, on avait renforcé la surveillance nocturne dans tout Paris, ce qui se traduisait, pour les agents et les inspecteurs, par des heures supplémentaires.

— Vous verrez, dit Sommer, quand on lui mettra la main dessus, que c'est encore un piqué.

— Un piqué qui tue, soupira Janvier en buvant son café.   Dis donc, une de tes lampes est allumée.

—Allô! Bercy? Votre car est sorti? Comment?
Un instant. Noyé?

On voyait Lecœur hésiter sur le choix de la colonne
où tracer sa croix. Il y en avait une pour les pen-
daisons, une autre pour les gens qui, faute d'arme,
se jettent par la fenêtre. Il y en avait pour les noyés,
pour les coups de revolver, pour...

— Dites donc, vous autres! Vous savez ce qu'un
gars vient de faire au Pont d'Austerlitz? Qui est-ce
qui parlait de piqué il y a un moment? Le type s'est
attaché une pierre aux chevilles, a grimpé sur le parapet, une corde au cou et s'est tiré une balle dans la
tête.

Au fait, il existait une colonne pour ça aussi:
neurasthénie!

C'était l'heure, maintenant, où les gens qui n'avaient
pas réveillonné se rendaient aux premières messes,
le nez humide, les mains enfoncées dans les poches,
marchant penchés dans la bise qui chassait comme une
poussière de glace sur les trottoirs. C'était l'heure
aussi à laquelle les enfants commençaient à s'éveiller
et, allumant les lampes, se précipitaient, en chemise et
pieds nus, vers l'arbre merveilleux.

— Si notre gaillard était vraiment un piqué, d'après
le médecin légiste, il tuerait toujours de la même façon,
que ce soit avec un couteau, un revolver ou n'importe
quoi.

— De quelle arme s'est-il servi, la dernière fois?

— Un marteau.

— Et la fois d'avant?

— Un poignard.

— Qu'est-ce qui prouve que c'est le même?

— Le fait, d'abord, que les huit crimes ont été commis presque coup sur coup.   Il serait étonnant que huit nouveaux meurtriers opèrent soudain dans Paris.

On sentait que l'inspecteur Janvier en avait beaucoup entendu parler à la Police Judiciaire.

— Il y a, en outre, dans ces meurtres, comme un air de famille.   Chaque fois, la victime est une personne isolée, jeune ou vieille, mais invariablement isolée. Des gens qui vivent seuls, sans famille, sans amis.

Sommer regarda Lecœur à qui il ne pardonnait pas d'être célibataire et surtout de ne pas avoir d'enfants. Lui en avait cinq et sa femme en attendait un sixième.

— Comme toi, Lecœur!   Fais attention!

— Il y a également, comme indication, les zones dans lesquelles il sévit.   Pas un des assassinats n'a eu lieu dans les quartiers riches, ou même bourgeois.

— Pourtant, il vole.

— Il vole, mais pas beaucoup à la fois.   Des petites sommes.   Les magots cachés dans le matelas ou dans une vieille jupe.   Il ne procède pas par effraction, ne paraît pas être particulièrement outillé comme cambrioleur, et pourtant il ne laisse pas de traces.

Une petite lumière.   Auto volée, à la porte d'un restaurant de la place des Ternes, non loin de l'Étoile.

— Ce qui doit le plus faire enrager ceux qui ne retrouvent pas leur voiture, c'est de rentrer chez eux en métro.

Encore une heure, une heure et demie, et ce serait la relève, sauf pour Lecœur, qui avait promis à un camarade de le remplacer parce que l'autre était allé passer Noël en famille dans les environs de **Rouen.**

Cela arrivait souvent. C'était devenu si banal qu'on ne se gênait plus avec lui.

— Dis donc, Lecœur, tu ne peux pas me remplacer demain?

Au début, on cherchait une excuse sentimentale, une mère malade, un enterrement, une première communion. On lui apportait un gâteau, de la charcuterie fine ou une bouteille de vin.

En réalité, s'il l'avait pu, Lecœur aurait passé vingt-quatre heures sur vingt-quatre[23] dans cette pièce, en s'étendant parfois sur un lit de camp, mijotant sa cuisine sur le réchaud électrique. Chose curieuse, bien qu'il fût aussi soigné que les autres, davantage que certains, que Sommer, par exemple, dont les pantalons ne recevaient pas souvent le coup de fer, il y avait en lui quelque chose de terne qui trahissait le célibataire.

Il portait des verres épais comme des loupes qui lui faisaient de gros yeux ronds et on était tout surpris, quand il retirait ses lunettes pour les essuyer avec une peau de chamois qu'il avait toujours dans sa poche, de lui découvrir un regard fuyant et presque timide.

— Allô! Javel?

C'était une des lampes du XVᵉ arrondissement vers le quai de Javel, dans le quartier des usines, qui venait de s'allumer.

— Votre car est sorti?

— Nous ne savons pas encore ce que c'est. Quelqu'un a brisé la glace d'une borne de police-secours, rue Leblanc.

— Personne n'a parlé?

— Rien. Le car est parti voir. Je vous rappellerai.

Il y a ainsi, dans Paris, le long des trottoirs, des centaines de bornes rouges dont il suffit de casser la glace pour être en communication téléphonique avec le commissariat le plus proche. Un passant avait-il cassé celle-là par inadvertance ?

— Allô ! Central ? Notre car rentre, à l'instant. Il n'y avait personne. Les environs sont calmes. On fait patrouiller le quartier.

Dans la dernière colonne, celle des divers, Lecœur, par acquit de conscience, traça quand même une petite croix.

— Plus de café ? questionna-t-il.

— Je vais en refaire.

La même lampe s'allumait déjà au tableau. Dix minutes ne s'étaient pas écoulées depuis le premier appel.

— Javel ? Qu'est-ce que c'est ?

— Encore un poste de police-secours.

— On n'a pas parlé ?

— Rien. Un mauvais plaisant. Quelqu'un qui trouve drôle de nous déranger. Cette fois, on va essayer de lui mettre la main dessus.

— A quel endroit ?

— Pont Mirabeau.

— Dis donc, il a marché vite, le frère.[24]

Il y avait en effet un bon bout de chemin[25] entre les deux bornes rouges. Mais on ne se préoccupait pas encore de ces appels. Trois jours plus tôt, on avait ainsi brisé la vitre d'une borne pour crier avec défi :

« — Mort aux flics ! »

Janvier, les pieds sur un des radiateurs, commençait à s'assoupir et, quand il entendit à nouveau la voix de

Lecœur qui téléphonait, il entr'ouvrit les yeux, aperçut une des petites lampes allumées, questionna d'une voix de rêve:

— Encore lui?

— Une vitre brisée, avenue de Versailles, oui.

— C'est idiot! balbutia-t-il en s'enfonçant confortablement dans sa somnolence.

Le jour se lèverait tard, pas avant sept heures et demie ou huit heures. Parfois on entendait vaguement des bruits de cloches, mais c'était dans un autre univers. Les pauvres agents, en bas, devaient être frigorifiés dans les cars de secours.

— A propos de boudin...

— Quel boudin? murmura Janvier qui, endormi, les pommettes roses, avait l'air d'un enfant.

— Le boudin que ma mère...

— Allô! Tu ne vas pas m'annoncer qu'on a brisé la vitre d'un de tes postes?... Hein?... C'est vrai?... Il vient déjà d'en casser deux dans le XVe... Non! Ils n'ont pas pu mettre la main dessus... Dis donc, c'est un coureur, ce gars-là... Il a traversé la Seine au Pont Mirabeau... On dirait qu'il se dirige vers le centre de la ville... Oui, essayez...

Cela faisait une nouvelle petite croix et à sept heures et demie, une demi-heure avant la relève, il y en avait cinq dans la colonne.

Maniaque ou pas maniaque, l'individu allait bon train.[26] Il est vrai qu'il ne régnait pas une température à flâner.[27] Un moment, il avait paru longer les berges de la Seine. Il ne suivait pas une ligne droite. Il avait fait un crochet dans les quartiers riches d'Auteuil et brisé une vitre rue La Fontaine.

— Il n'est qu'à cinq minutes du Bois de Boulogne, annonça Lecœur.   Si c'est là qu'il se rend, nous allons perdre sa piste.

Mais l'inconnu avait fait demi-tour, ou presque, était revenu vers les quais, brisant une vitre rue Berton, à deux pas du quai de Passy.

Les premiers appels étaient venus des quartiers pauvres et populaires de Grenelle.   L'homme n'avait eu que la Seine à franchir pour que le décor changeât, pour qu'il se trouvât errer dans des rues spacieuses où il ne devait pas y avoir un chat à cette heure.   Tout était fermé, sûrement.   Ses pas résonnaient sur le pavé durci par le gel.

Sixième appel: il avait contourné le Trocadéro [28] et se trouvait maintenant rue de Longchamp.

— Un qui se prend pour le Petit Poucet, [29] remarqua Mambret.   Faute de miettes de pain et de cailloux blancs, il sème du verre brisé.

Il y eut d'autres appels, coup sur coup, des voitures volées encore, un coup de feu du côté de la rue de Flandre, un blessé qui prétendait ignorer qui avait tiré sur lui alors qu'on l'avait vu toute la nuit boire avec un compagnon.

— Bon!   Voilà Javel qui rapplique!   Allô!   Javel! Je suppose que c'est encore ton briseur de glaces: il n'a pas eu le temps de revenir à son point de départ. Comment?   Mais oui, il continue.   Il doit être maintenant aux alentours des Champs-Élysées... Hein?...   Un instant...   Raconte...   Rue comment???   Michat?...   Comme un chat, oui...   Entre la rue Lecourbe et le boulevard Félix-Faure...   oui... Il y a un viaduc de chemin de fer, par là...   Oui...   Je vois... Le 17... Qui a appelé?... La concierge?... Elle était levée à cette heure?... Vos gueules, vous autres![30]

» Non, ce n'est pas à toi que je parle. C'est à Sommer qui est encore en train de nous casser les oreilles avec son boudin...[31]

» Donc, la concierge... Je vois ça... Un grand immeuble pauvre... Sept étages... Bon... »

C'était plein, dans ce quartier, de constructions qui n'étaient pas vieilles, mais si médiocrement bâties qu'à peine habitées elles semblaient décrépites. Elles se dressaient parmi des terrains vagues, avec leurs pans de murs sombres, leurs pignons bariolés de réclames qui dominaient des maisons banlieusardes, parfois des pavillons à un seul étage.

— Tu dis qu'elle a entendu courir[32] dans l'escalier et que la porte s'est violemment refermée... Elle était ouverte?... La concierge ne sait pas comment cela se fait?... A quel étage?... A l'entresol, sur la cour... Continue... Je vois que le car du VIIIe vient de sortir et je parie que c'est mon briseur de vitres... Une vieille femme... Comment?... La mère Fayet?... Elle faisait des ménages... Morte? Instrument contondant... Le médecin y est?... Tu es sûre qu'elle est morte?... On lui a pris son magot?... Je demande ça parce que je suppose qu'elle avait un magot... Oui... Rappelle-moi... Sinon, c'est moi qui te sonnerai...

Il se tourna vers l'inspecteur endormi.

— Janvier! Hé! Janvier! Je crois que c'est pour toi.

— Qui? Qu'est-ce que c'est?

— Le tueur.

— Où ?

— A Javel. Je t'ai inscrit l'adresse sur ce bout de papier. Cette fois, il s'en est pris à une vieille femme qui fait des ménages, la mère Fayet.

Janvier endossait son pardessus, cherchait son chapeau, avalait un fond de café qui restait dans sa tasse.

— Qui est-ce qui s'en occupe, du XVe ?

— Gonesse.

— Tu préviendras la P. J.[33] que je suis là-bas.

L'instant d'après, Lecœur pouvait ajouter une petite croix, la septième, dans la dernière colonne de son calepin. On avait fait éclater la vitre d'une borne de police-secours, avenue d'Iéna, à cent cinquante mètres de l'Arc de Triomphe.

— Parmi les débris de verre, on a retrouvé un mouchoir avec des traces de sang. C'est un mouchoir d'enfant.

— Il n'y a pas d'initiales ?

— Non. C'est un mouchoir à carreaux bleus, pas très propre. L'individu devait s'en entourer le poing pour casser les vitres.

On entendait des pas dans l'escalier. C'était la relève, les hommes de jour. Ils étaient rasés et on voyait à leur peau tendue et rose qu'ils venaient de se laver à l'eau fraîche, de circuler dans la bise glacée.

— Bon réveillon, vous autres ?[34]

Sommer refermait la petite boîte en fer dans laquelle il avait apporté son repas. Il n'y avait que Lecœur à ne pas bouger, puisqu'il restait, et allait également faire partie de cette équipe-ci.

Le gros Godin était déjà en train de passer la blouse de toile qu'il portait pour travailler et, sitôt entré, mettait de l'eau à chauffer pour un grog. Il traînait tout l'hiver le même rhume, qu'il soignait, ou qu'il entretenait, à grand renfort de grogs.

— Allô ! oui... Non, je ne m'en vais pas... Je remplace Potier qui est allé voir sa famille... Alors... Oui, cela m'intéresse personnellement... Janvier est parti, mais je transmettrai le message à la P. J.... Un invalide?... Quel invalide?

Il faut toujours de la patience, au début, pour s'y retrouver, parce que les gens vous parlent de l'affaire dont ils s'occupent comme si le monde entier était au courant.

— Le pavillon derrière, oui... Donc, pas dans la rue Michat... Rue?... Rue Vasco-de-Gama?... Mais oui, je connais... La petite maison avec un jardin et une grille... Je ne savais pas qu'il était invalide... Bon. Il ne dort presque pas... Un gamin qui grimpait par le tuyau de la gouttière?... Quel âge... Il ne sait pas?... C'est vrai, il faisait noir... Comment sait-il que c'était un gamin?... Écoute, sois assez gentil pour me rappeler... Tu t'en vas aussi? Qui est-ce qui te remplace?... Le gros Jules?... Celui qui... Oui... Bon... Dis-lui le bonjour de ma part et demande-lui de me téléphoner...

— Qu'est-ce que c'est? questionna un des nouveaux.

— Une vieille femme qui s'est fait refroidir, à Javel.

— Par qui?

— Une espèce d'invalide, qui habite une maison derrière l'immeuble, prétend avoir vu un gamin grimper le long du mur vers sa fenêtre...

— C'est le gamin qui aurait tué?

— C'est en tout cas un mouchoir d'enfant qu'on a retrouvé près d'un des postes de police-secours.

On l'écoutait d'une oreille distraite. Les lampes étaient encore allumées, mais un jour cru perçait les vitres couvertes de fleurs de givre. Quelqu'un encore alla gratter la surface crissante. C'est instinctif. Peut-être un souvenir d'enfance, comme le boudin de Sommer?

Les nuiteux étaient partis. Les autres s'organisaient, s'installaient pour la journée, feuilletaient les rapports.

Auto volée, square La Bruyère.

Lecœur regardait ses sept petites croix d'un air préoccupé, se levait en soupirant pour aller se camper devant l'immense carte murale.

— Tu apprends ton plan de Paris par cœur?

— Je le connais. Mais il y a un détail qui me frappe. En une heure et demie environ, on a brisé sept vitres de bornes de secours. Or je remarque que celui qui s'est livré à ce jeu-là non seulement ne marchait pas en ligne droite, ne suivait pas un chemin déterminé pour se rendre d'un point à un autre, mais faisait d'assez nombreux zigzags.

— Peut-être qu'il ne connaît pas bien Paris?

— Ou qu'il le connaît trop. Pas une seule fois, en effet, il n'est passé devant un poste de police, alors qu'il en aurait rencontré plusieurs sur son chemin s'il avait pris au plus court.[35] Et à quels carrefours a-t-on des chances de rencontrer un sergent de ville?

Il les désigna du doigt.

— Il n'y est pas passé non plus. Il les a contournés. Il n'a couru un risque qu'en franchissant le pont

Mirabeau, mais il l'aurait couru en traversant la Seine n'importe où.

— Il est sans doute saoul, plaisanta Godin, qui dégustait son rhum à petites gorgées, en soufflant dessus.

— Ce que je me demande, c'est pourquoi il ne casse plus de vitres?

— Il est sans doute arrivé chez lui, cet homme.

— Un type qui se trouve à six heures du matin dans le quartier de Javel a peu de chances d'habiter l'Étoile.[36]

— Ça te passionne?

— Cela me fait peur.

— Sans blague?

C'était en effet une chose surprenante de voir s'inquiéter Lecœur, pour qui les nuits les plus dramatiques de Paris se résumaient en quelques petites croix dans un calepin.

— Allô! Javel?... Le gros Jules?... Ici, Lecœur, oui... Dites donc... Derrière l'immeuble de la rue Michat, il y a la maison de l'invalide... Bon... Mais à côté de celle-ci se dresse un autre immeuble, en briques rouges, avec une épicerie au rez-de-chaussée... Oui... Il ne s'est rien passé dans cette maison-là?... La concierge n'a rien dit?... Je ne sais pas... Non, je ne sais rien... Peut-être vaudrait-il mieux aller le lui demander, oui...

Il avait chaud, tout à coup, et il éteignit une cigarette à moitié consumée.

— Allô! Les Ternes? Vous n'avez pas eu d'appels de police-secours dans votre quartier? Rien? Seulement des ivrognes? Merci. A propos... La patrouille cycliste est sortie?... Elle va partir?...

Demandez-leur donc de regarder à tout hasard s'ils ne
voient pas un gamin... Un gamin qui aurait l'air
fatigué et qui saignerait de la main droite... Non,
ce n'est pas une disparition... Je vous expliquerai
une autre fois...

Son regard ne quittait pas le plan mural, où aucune
lumière ne parut pendant dix bonnes minutes.[37]
Et ce fut alors pour une asphyxie accidentelle par le
gaz, dans le XVIIIe,[38] tout en haut de Montmartre.

Il n'y avait guère, dans les rues froides de Paris, que
des silhouettes noires qui revenaient frileusement des
premières messes.

II

Une des impressions les plus aiguës qu'André
Lecœur gardait de son enfance était une impression d'immobilité. Son univers, alors, était une
grande cuisine, à Orléans, tout au bout de la ville. Il
avait dû y passer les hivers comme les étés, mais il la
revoyait surtout inondée de soleil, la porte ouverte,
avec une barrière à claire-voie que son père avait
construite un dimanche pour l'empêcher d'aller seul
dans le jardin, où caquetaient des poules et où les lapins
mâchonnaient toute la journée derrière leur treillage.

A huit heures et demie, son père partait à vélo pour
l'usine à gaz où il travaillait, à l'autre extrémité de la
ville. Sa mère faisait le ménage, toujours dans le
même ordre, montait dans les chambres, posait les
matelas sur l'appui des fenêtres.

Et déjà, presque tout de suite, la sonnette du
marchand de légumes poussant sa charrette dans la
rue annonçait qu'il était dix heures. A onze heures,
deux fois la semaine, le docteur barbu venait voir son
petit frère, qui était toujours malade, et dans la
chambre de qui il n'avait pas le droit de pénétrer.

C'était tout. Il ne se passait rien d'autre. Il avait
à peine le temps de jouer, de boire son verre de lait,
que son père rentrait déjeuner.

Or son père avait fait des encaissements dans
plusieurs quartiers, rencontré des tas de gens, dont

il parlait à table, cependant qu'ici le temps n'avait
presque pas bougé. Et l'après-midi, peut-être à
cause de la sieste, passait encore plus vite.

— J'ai tout juste le temps de me mettre à mon
ménage qu'il est déjà l'heure de manger, soupirait
souvent sa mère.

C'était un peu pareil ici, dans cette grande pièce du
Central[39] où l'air lui-même était immobile, où les
employés s'engourdissaient, où l'on finissait par entendre les sonneries et les voix comme à travers une
mince couche de sommeil.

Quelques petites lampes qui s'allumaient sur la
carte murale, quelques petites croix —une auto venait
d'être heurtée par un autobus rue de Clignancourt —
et déjà on rappelait du commissariat de Javel.

Ce n'était plus le gros Jules. C'était l'inspecteur
Gonesse, celui qui s'était rendu sur les lieux. On
avait eu tout le temps de le rejoindre, de lui parler
de la maison de la rue Vasco-de-Gama. Il y était allé,
en revenait très excité.

— C'est vous, Lecœur ?

Il y avait quelque chose de spécial dans sa voix, de la
mauvaise humeur ou un soupçon.

— Dites donc, comment se fait-il que vous ayez[40]
pensé à cette maison-là ? Vous connaissiez la mère
Fayet ?

— Je ne l'ai jamais vue, mais je la connais.

Ce qui advenait par ce matin de Noël, il y avait dix
ans au moins qu'André Lecœur y pensait. Plus
exactement, quand il laissait son regard errer sur le
plan de Paris où les ampoules s'éclairaient, il lui
arrivait de se dire:

— Un jour, fatalement, il s'agira de quelqu'un que je connais.

Parfois, un événement se produisait dans son quartier, près de sa rue, mais jamais tout à fait dedans. Comme un orage, cela se rapprochait et s'éloignait, sans tomber à l'endroit précis où il habitait.

Or, cette fois, cela venait de se produire.

— Vous avez questionné la concierge? demanda-t-il. Elle était levée?

Il imaginait, à l'autre bout du fil, l'inspecteur Gonesse, mi-figue, mi-raisin,[41] et poursuivait:

— Le gamin est chez lui?

Et Gonesse de grommeler:[42]

— Vous connaissez celui-là aussi?

— C'est mon neveu. On ne vous a pas dit qu'il s'appelle Lecœur, François Lecœur?

— On me l'a dit.

— Alors?

— Il n'est pas chez lui.

— Et son père?

— Il est rentré ce matin un peu après sept heures.

— Comme d'habitude, je sais. Il travaille la nuit, lui aussi.

— La concierge l'a entendu monter dans son logement, au troisième sur la cour.[43]

— Je connais.

— Il est redescendu presque tout de suite et a frappé à la porte de la loge. Il paraissait très ému. Pour employer les mots de la concierge, il avait l'air égaré.

— Le gosse a disparu?

— Oui. Le père a demandé si on l'avait vu sortir, et à quelle heure. La concierge ne savait pas. Alors,

il a voulu savoir si on n'avait pas délivré un télégramme pendant la soirée, ou tôt le matin.

— Il n'y a pas eu de télégramme?

— Non.   Vous y comprenez quelque chose?   Vous
ne croyez pas, puisque vous êtes de la famille et que
vous êtes au courant, que vous feriez mieux de venir
jusqu'ici?

— Cela ne servirait à rien.   Où est Janvier?

— Dans la chambre de la mère Fayet.   Les gens
de l'Identité judiciaire[44] viennent d'arriver et se sont
mis au travail.   Ils ont tout de suite relevé des empreintes de doigts d'enfant sur le bouton de la porte.
Pourquoi ne faites-vous pas un saut?

Lecœur répondit mollement:

— Il n'y a personne pour me remplacer.

C'était vrai; à la rigueur, en téléphonant ici et là, il
aurait trouvé un collègue disposé à venir passer une
heure ou deux au Central.   La vérité, c'est qu'il
n'avait pas envie d'être sur place, que cela n'aurait
rien avancé.

— Écoutez, Gonesse, il faut que je retrouve le gamin,
vous comprenez?   Il y a une demi-heure, il devait
errer du côté de l'Étoile.   Dites à Janvier que je
reste ici, que la mère Fayet avait beaucoup d'argent,
sans doute, caché chez elle.

Un peu fébrile, il changea sa fiche de trou, appela les
différents commissariats du VIIIᵉ arrondissement.

— Cherchez un gamin de dix à onze ans, modestement vêtu, et surveillez en particulier les bornes de
police-secours.

Ses deux collègues le regardaient avec curiosité.

— Tu crois que c'est le gosse qui a fait le coup?

Il ne se donna pas la peine de leur répondre. Il appelait le central téléphonique, là-haut.

— Justin! Tiens! C'est toi qui es de service? Veux-tu demander aux voitures-radio de chercher un gamin d'une dizaine d'années qui est à errer quelque part du côté de l'Étoile? Non, je ne sais pas vers où il se dirige. Il paraît éviter les rues où il y a des commissariats et les carrefours importants où il risque de rencontrer un sergent de ville.

Il connaissait le logement de son frère, rue Vasco-de-Gama, deux pièces sombres et une cuisine minuscule, où le gamin passait toutes ses nuits seul tandis que le père allait à son travail. Des fenêtres, on apercevait le derrière de la maison de la rue Michat, avec du linge qui pendait, des pots de géraniums et, derrière les vitres dont beaucoup étaient sans rideaux, toute une humanité hétéroclite.

Au fait, là aussi, les carreaux devaient être couverts de givre. Le détail le frappait. Il le classait dans un coin de sa mémoire, car il lui semblait que cela devait avoir son importance.

— Tu crois que c'est un enfant qui enfonce les vitres des avertisseurs?

— On a retrouvé un mouchoir d'enfant, dit-il brièvement.

Et il restait là, en suspens, se demandant dans quel trou enfoncer sa fiche.

Dehors, des gens avaient l'air d'agir à une vitesse vertigineuse. Le temps, pour Lecœur, de répondre à un appel, et le médecin était sur les lieux, puis le substitut et un juge d'instruction[45] qu'on avait dû arracher à son sommeil.

A quoi bon aller sur place, puisque d'ici il voyait les rues, les maisons aussi nettement que ceux qui s'y trouvaient, avec le viaduc du chemin de fer qui traçait une grande ligne noire au travers du paysage?

Rien que des pauvres, dans ce quartier-là, des jeunes qui espéraient en sortir un jour, des moins jeunes qui commençaient à perdre confiance et des moins jeunes encore, des presque vieux, de vrais vieux, enfin, qui s'efforçaient de faire bon ménage avec leur destin.[46]

Il appela Javel, une fois de plus.

— L'inspecteur Gonesse est toujours là?

— Il rédige son rapport.　Je l'appelle?

— S'il vous plaît... Allô! Gonesse?... Lecœur, ici... Pardonnez-moi de vous déranger... Vous êtes monté dans le logement de mon frère?... Bon! Le lit du gosse était-il défait?　Cela me rassure un peu... Attendez... Est-ce qu'il y avait des paquets?... C'est cela... Comment?　Un poulet, du boudin, un saint-honoré, et... Je ne comprends pas la suite... Un petit appareil de radio?... Cela n'avait pas été déballé?... Évidemment!... Janvier n'est pas par là?... Il a déjà téléphoné à la P. J.?... Merci...

Il fut tout surpris de voir qu'il était déjà neuf heures et demie.　Ce n'était plus la peine de regarder le plan de Paris dans la section de l'Étoile.　Si le gamin avait continué à marcher à la même allure, il avait eu le temps d'atteindre une des banlieues de la capitale.

— Allô! La P. J.?　Est-ce que le commissaire Saillard est à son bureau?

Lui aussi avait dû être arraché à la chaleur de son

appartement par l'appel de Janvier. A combien de
personnes cette histoire était-elle en train de gâcher
leur Noël?

— Excusez-moi de vous appeler, monsieur le commissaire. C'est au sujet du jeune Lecœur.

— Vous savez quelque chose? Il est de votre famille?

— C'est le fils de mon frère. Probablement est-ce
lui qui a brisé la vitre de sept postes de secours. Je ne
sais pas si on a eu le temps de vous dire qu'à partir de
l'Étoile nous perdons sa trace. Je voudrais vous
demander la permission de lancer un appel général.

— Vous ne pouvez pas venir me voir?

— Je n'ai personne sous la main pour me remplacer.

— Faites l'appel. J'arrive.

Lecœur restait calme, mais sa main frémissait un
peu sur les fiches.

— C'est toi, Justin? Appel général. Donne le
signalement du gosse. Je ne sais pas comment il est
habillé, mais il porte probablement son blouson kaki
taillé dans un blouson de l'armée américaine. Il est
grand pour son âge, assez maigre. Non, pas de
casquette. Il est toujours nu-tête, avec les cheveux
qui lui tombent sur le front. Peut-être ferais-tu bien
de donner le signalement de son père aussi. Cela
m'est plus difficile. Tu me connais, n'est-ce pas?
Eh bien! il me ressemble en plus pâle.[47] Il a l'air
timide, maladif. C'est l'homme qui n'ose pas occuper
le milieu du trottoir et qui se glisse le long des maisons.
Il marche un peu de travers, car il a reçu une balle
dans le pied à la dernière guerre. Non! je n'ai pas la
moindre idée de l'endroit vers lequel ils se dirigent.
Je ne crois pas qu'ils soient ensemble. Ce qui est plus

que probable, c'est que le gamin est en danger.
Pourquoi? Ce serait trop long à t'expliquer. Lance
ton appel. Qu'on m'avertisse ici s'il y a du nouveau.

La durée d'un coup de téléphone et le commissaire
Saillard était là, qui avait eu le temps de quitter le
quai des Orfèvres et de traverser la rue, puis les bâtiments vides de la Préfecture de Police. Il était im-
posant et portait un énorme pardessus. Pour dire
bonjour à la ronde, il se contenta de toucher le bord
de son chapeau, saisit une chaise comme si c'était un
fétu de paille et s'installa dessus à califourchon.

— Le gosse? questionna-t-il enfin en regardant
fixement Lecœur.

— Je me demande pourquoi il n'appelle plus.

— Appeler?

— Pour quelle raison, sinon pour signaler sa pré-
sence, briser la vitre des avertisseurs?

— Et pourquoi, se donnant la peine de les briser,
ne parle-t-il pas à l'appareil?

— Supposons qu'il soit suivi? Ou qu'il suive
quelqu'un?

— J'y ai pensé. Dites donc, Lecœur, est-ce que
votre frère n'est pas dans une situation financière
peu brillante?

— Il est pauvre, oui.

— Rien que pauvre?

— Il a perdu sa place il y a trois mois.

— Quelle place?

— Il était linotypiste à *La Presse*, rue du Croissant,
où il travaillait la nuit. Il a toujours travaillé de nuit.
On dirait que c'est dans la famille.

— Pour quelle raison a-t-il perdu sa place?

— Probablement parce qu'il s'est disputé avec quelqu'un.

— C'était son habitude ?

Un appel les interrompit. Cela venait du XVIIIe arrondissement, où on venait de ramasser un gamin dans la rue, au coin de la rue Lepic. Il vendait des brins de houx. C'était un petit Polonais qui ne parlait pas un mot de français.

— Vous me demandiez si c'est son habitude de se disputer ? Je ne sais comment vous répondre. Mon frère a été malade la plus grande partie de sa vie. Quand nous étions jeunes, il vivait presque toujours dans sa chambre, tout seul, et lisait. Il a lu des tonnes de livres. Mais il n'a jamais été régulièrement à l'école.

— Il est marié ?

— Sa femme est morte après deux ans de mariage et il est resté seul avec un bébé de dix mois.

— C'est lui qui l'a élevé ?

— Oui. Je le vois encore lui donner son bain, lui changer ses couches, préparer les biberons…

— Cela n'explique pas pourquoi il se disputait.

Évidemment ! Les mots n'avaient pas le même sens dans la grosse tête du commissaire que dans celle de Lecœur.

— Aigri ?

— Pas spécialement. Il avait l'habitude.

— L'habitude de quoi ?

— De ne pas vivre comme les autres. Peut-être qu'Olivier — c'est le nom de mon frère — n'est pas très intelligent. Peut-être qu'il en sait trop, par ses lectures, sur certains sujets, et trop peu sur d'autres.

— Vous croyez qu'il aurait été capable de tuer la vieille Fayet?

Le commissaire tirait sur sa pipe. On entendait le télégraphiste marcher, là-haut, et les deux autres, dans la pièce, faisaient semblant de ne pas écouter.

— C'était sa belle-mère, soupira Lecœur. Vous l'auriez quand même appris tôt ou tard.

— Il ne s'entendait pas avec elle?

— Elle le haïssait.

— Pourquoi?

— Parce qu'elle l'accusait d'avoir fait le malheur de sa fille. Il y a eu une histoire d'opération qui n'a pas été pratiquée à temps. Ce n'était pas la faute de mon frère, mais celle de l'hôpital, qui refusait de la recevoir parce que les papiers n'étaient pas en règle. Malgré cela, la vieille en a toujours voulu à [48] mon frère.

— Ils ne se voyaient pas?

— Il devait leur arriver de se rencontrer dans la rue, puisqu'ils habitent le même quartier.

— Le gamin savait?

— Que la mère Fayet était sa grand-mère? Je ne crois pas.

— Son père ne le lui a pas dit?

Le regard de Lecœur ne quittait pas le plan aux petites lampes, mais c'était l'heure creuse,[49] elles s'allumaient rarement, et presque toujours, maintenant, pour des accidents de la circulation. Il y eut aussi un vol à la tire dans le métro et un vol de bagages à la gare de l'Est.

Pas de nouvelles du gamin. Et pourtant les rues de Paris restaient à moitié désertes. Quelques enfants, dans les quartiers populeux, essayaient leurs nouveaux

jouets sur les trottoirs, mais la plupart des maisons
demeuraient closes et la chaleur des foyers mettait de
la buée sur les vitres. Les magasins avaient leurs
volets fermés et, dans les petits bars, on ne voyait que
de rares habitués.

Seules, partout au-dessus des toits, les cloches
sonnaient à la volée, et des familles endimanchées
pénétraient dans les églises d'où s'échappaient, par
vagues, des rumeurs de grandes orgues.

— Vous permettez un instant, monsieur le commissaire? Je pense toujours au gamin. Il est
évident qu'il lui est plus difficile, à présent, de briser
des vitres sans attirer l'attention. Mais peut-être
pourrait-on jeter un coup d'œil dans les églises?
Dans un bar ou dans un café, il ne passerait pas
inaperçu. Dans une église, au contraire...

Il appela à nouveau Justin.

— Les églises, vieux! Demande qu'on surveille les
églises. Et les gares. Je n'avais pas pensé aux gares
non plus.

Il retira ses lunettes et on vit ses paupières très
rouges, peut-être parce qu'il n'avait pas dormi.

— Allô! Le Central,[50] oui. Comment? Oui, le
commissaire est ici.

Il passa un écouteur à Saillard.

— C'est Janvier qui veut vous parler.

La bise soufflait toujours, dehors, et la lumière
restait froide et dure avec, pourtant, derrière les
nuages unis, un jaunissement qui était comme une
promesse de soleil.

Quand le commissaire raccrocha, ce fut pour
grommeler:

— Le docteur Paul prétend que le crime a été commis entre cinq et six heures et demie du matin. La vieille n'a pas été assommée du premier coup. Elle devait être couchée quand elle a entendu du bruit. Elle s'est levée et a fait face à son agresseur, qu'elle a vraisemblablement frappé à l'aide d'un soulier.

— On n'a pas retrouvé l'arme?

— Non. On suppose qu'il s'agit d'un morceau de tuyau de plomb, ou d'un outil arrondi, peut-être un marteau.

— On a mis la main sur l'argent?

— Sur son porte-monnaie, qui contient de menus billets et sa carte d'identité. Dites donc, Lecœur, vous saviez que cette femme prêtait à la petite semaine?[51]

— Je le savais.

— Ne m'avez-vous pas dit tout à l'heure que votre frère a perdu sa place il y a environ trois mois?

— C'est exact.

— La concierge l'ignorait.

— Son fils aussi. C'est à cause de son fils qu'il n'en a rien dit.

Le commissaire croisa et décroisa les jambes, mal à l'aise, regarda les deux autres qui ne pouvaient pas ne pas entendre. Il finit par fixer Lecœur avec l'air de ne pas comprendre.

— Est-ce que vous vous rendez compte, vieux, de ce que...?

— Je me rends compte.

— Vous y avez pensé?

— Non.

— Parce que c'est votre frère?

— Non.

— Il y a combien de temps que le tueur sévit?
Neuf semaines, n'est-ce pas?

Lecœur consulta sans hâte son petit carnet, chercha
une croix dans une colonne.

— Neuf semaines et demie.   Le premier crime a eu
lieu dans le quartier des Épinettes, à l'autre bout de
Paris.

— Vous venez de dire que votre frère n'a pas avoué
à son fils qu'il était en chômage.   Il continuait donc
à partir de chez lui et à y rentrer à la même heure?
Pourquoi?

— Pour ne pas perdre la face.

— Comment?

— C'est difficile à expliquer.   Ce n'est pas un père
comme un autre.   Il a entièrement élevé l'enfant.
Ils vivent tous les deux.[52]   C'est comme un petit
ménage, vous comprenez?   Mon frère, dans la journée,
prépare les repas, fait le ménage.   Il met son fils au lit
avant de s'en aller, le réveille en rentrant...

— Cela n'explique pas...

— Vous croyez que cet homme accepterait, vis-à-vis
de son garçon, de passer pour un pauvre type devant
qui toutes les portes se ferment parce qu'il est incapable de s'adapter?

— Et que faisait-il de ses nuits pendant les derniers
mois?

— Il a eu pendant deux semaines une place de
gardien dans une usine de Billancourt.   Ce n'était
qu'un remplacement.   Le plus souvent, il lavait les
voitures dans les garages.   Quand il ne trouvait pas à
s'embaucher, il coltinait des légumes aux Halles.[53]
Lorsqu'il avait sa crise...

— Sa crise de quoi?

— D'asthme... Cela le prenait de temps en temps... Il allait se coucher dans une salle d'attente de gare... Une fois, il est venu passer la nuit ici, à bavarder avec moi...

— Supposons que le gamin, de bonne heure ce matin, ait vu son père chez la vieille Fayet!

— Il y avait du givre sur les vitres.

— Pas si la fenêtre était entr'ouverte. Beaucoup de gens, même en hiver, dorment la fenêtre ouverte.

— Ce n'est pas le cas chez mon frère. Il est frileux et ils sont trop pauvres pour gaspiller la chaleur.

— L'enfant a pu gratter le givre avec ses ongles. Quand j'étais petit, je...

— Moi aussi. Il faudrait savoir si on a trouvé la fenêtre ouverte chez la vieille Fayet.

— La fenêtre était ouverte et la lampe allumée.

— Je me demande où François peut être.

— Le gamin?

C'était surprenant, un peu gênant, de ne le voir penser qu'à l'enfant. C'était presque plus gênant encore de l'entendre dire tranquillement sur son frère des choses qui accablaient celui-ci.

— Quand il est rentré, ce matin, il avait les bras chargés de paquets, y avez-vous pensé?

— C'est Noël.

— Il lui a fallu de l'argent pour acheter un poulet, des gâteaux, un appareil de radio. Il n'est pas venu vous en emprunter récemment?

— Pas depuis un mois. Je le regrette, car je lui aurais dit de ne pas acheter de radio pour François.

J'en ai une, ici, au vestiaire, que je comptais lui porter en quittant mon service.

— Est-ce que la mère Fayet aurait accepté de prêter de l'argent à son gendre?

— C'est improbable. C'est une drôle de femme. Elle doit avoir assez de fortune pour vivre et elle continue à faire des ménages du matin au soir. C'est elle, souvent, qui prête de l'argent, à gros intérêt, à ceux pour qui elle travaille. Tout le quartier est au courant. On s'adresse à elle quand on a une fin de mois difficile.

Le commissaire se leva, toujours mal à l'aise.

— Je vais faire un tour là-bas, annonça-t-il.

— Chez la vieille?

— Chez la vieille et rue Vasco-de-Gama. Si vous avez du nouveau, appelez-moi.

— Aucun des deux immeubles n'a le téléphone. Je chargerai le commissariat d'un message.

Le commissaire était dans l'escalier et la porte refermée quand la sonnerie tinta. Aucune lampe ne s'était allumée. C'était la gare d'Austerlitz qui appelait.

— Lecœur? Ici, le commissaire spécial. Nous tenons le type.

— Quel type?

— Celui dont on nous a lancé le signalement. Il s'appelle Lecœur, comme vous, Olivier Lecœur. J'ai vérifié sa carte d'identité.

— Un instant.

Il courut vers la porte, s'élança dans l'escalier et ce ne fut que dans la cour, près des cars de police, qu'il réussit à rejoindre Saillard au moment où celui-ci montait dans une petite auto de la Préfecture.[54]

— La gare d'Austerlitz au bout du fil. Ils ont retrouvé mon frère.

Le commissaire, qui était gros, remonta l'escalier en soupirant, prit lui-même l'appareil.

— Allô! oui... Où était-il?... Qu'est-ce qu'il faisait?... Qu'est-ce qu'il dit?... Comment?... Non, ce n'est pas la peine[55] que vous l'interrogiez maintenant... Vous êtes sûr qu'il ne sait pas?... Continuez à surveiller la gare... C'est fort possible... Quant à lui, envoyez-le-moi tout de suite...

Il hésita en regardant Lecœur.

— Accompagné, oui. C'est plus sûr.

Il prit le temps de bourrer sa pipe et de l'allumer avant d'expliquer, comme s'il ne s'adressait à personne en particulier:

— On l'a appréhendé alors qu'il rôdait depuis plus d'une heure dans les salles d'attente et sur les quais. Il paraît très surexcité. Il parle d'un message de son fils. C'est lui qu'il attend là-bas.

— On lui a appris que la vieille est morte?

— Oui. Cela a semblé le terrifier. On l'amène.

Il ajouta, hésitant:

— J'ai préféré le faire venir ici. Étant donné votre parenté, je ne voulais pas que vous pensiez...

— Je vous remercie.

Lecœur était dans ce même bureau, sur la même chaise, depuis la veille à onze heures du soir, et c'était comme quand il se tenait, enfant, dans la cuisine de sa mère. Rien ne bougeait autour de lui. Des petites lampes s'allumaient, il enfonçait des fiches dans des trous, le temps coulait sans heurt, sans qu'on s'en aperçût, et pourtant, dehors, Paris avait vécu un

Noël, des milliers de gens avaient assisté aux messes de minuit; d'autres avaient bruyamment réveillonné dans les restaurants; des ivrognes avaient passé la nuit au Dépôt, qui se réveillaient maintenant devant un commissaire; des enfants, plus tard, s'étaient précipités vers l'arbre illuminé.

Qu'est-ce qu'Olivier, son frère, avait fait, pendant tout ce temps-là? Une vieille femme était morte, un gamin, avant que le jour se levât, avait marché à en perdre le souffle[56] dans des rues désertes et avait brisé de son poing enveloppé d'un mouchoir les glaces de plusieurs avertisseurs.

Qu'est-ce qu'Olivier attendait, nerveux, crispé, dans les salles d'attente surchauffées et sur les quais venteux de la gare d'Austerlitz?

Moins de dix minutes s'écoulèrent, le temps, pour Godin, dont le nez coulait réellement, de se préparer un nouveau grog.

— Vous en voulez un, monsieur le commissaire?

— Merci.[57]

A voix basse, Saillard, gêné, soufflait à Lecœur:

— Vous voulez que nous allions l'interroger dans une autre pièce?

Mais Lecœur n'entendait pas quitter ses petites lampes, ni ses fiches, qui le reliaient à tous les points de Paris. On montait. Ils étaient deux à encadrer Olivier, à qui on n'avait quand même pas passé les menottes.

C'était comme une mauvaise photographie d'André, estompée par le temps. Son regard, tout de suite, se portait vers son frère.

— François?

— On ne sait pas encore. On cherche.

— Où?

Et Lecœur ne pouvait que montrer le plan, son standard aux mille trous.

— Partout.

On avait déjà renvoyé les deux inspecteurs et le commissaire prononçait:

— Asseyez-vous. On vous a appris que la vieille Fayet est morte, n'est-ce pas?

Olivier ne portait pas de lunettes, mais il avait les mêmes yeux pâles et fuyants que son frère lorsqu'il retirait ses verres, de sorte qu'il donnait toujours l'impression d'avoir pleuré. Il regarda un instant le commissaire, sans lui attribuer d'importance.

— Il m'a laissé un mot... dit-il en fouillant les poches de sa vieille gabardine. Tu comprends, toi?...

Il finit par tendre un bout de papier, arraché à un cahier d'écolier. L'écriture n'était pas très régulière. Le gamin n'était probablement pas un des meilleurs élèves de sa classe. Il s'était servi d'un crayon violet dont il avait mouillé le bout, de sorte qu'il devait maintenant avoir une tache sur la lèvre.

L'oncle Gédéon arrive ce matin gare d'Austerlitz. Viens vite nous y rejoindre. Baisers.   *Bib.*

Sans un mot, André Lecœur tendit le papier au commissaire qui le tourna plusieurs fois entre ses gros doigts.

— Pourquoi Bib?

— C'est ainsi que je l'appelais dans l'intimité. Pas devant les gens, car cela l'aurait gêné. Cela vient de biberon, du temps où je lui donnais ses biberons.

Il parlait d'une voix neutre, sans accent, probablement sans rien voir autour de lui qu'une sorte de
brouillard, où bougeaient des silhouettes.

— Qui est l'oncle Gédéon?

— Il n'existe pas.

Savait-il seulement[58] qu'il parlait au chef de la
brigade des homicides, chargé d'une enquête crimi-
nelle?

Son frère expliqua:

— Plus exactement, il n'existe plus. Un frère de
notre mère, qui s'appelait Gédéon, est parti tout jeune
pour l'Amérique.

Olivier le regardait avec l'air de dire:

— A quoi bon raconter tout ça?

— On avait pris l'habitude, dans la famille, de dire
en plaisantant:

« — Un jour, nous hériterons de l'oncle Gédéon. »

— Il était riche?

— Nous n'en savions rien. Il ne donnait jamais de
ses nouvelles. Juste une carte postale, au Nouvel An,
signée: « Gédéon ».

— Il est mort?

— Quand Bib avait quatre ans.

— Tu crois que c'est utile, André?

— Nous cherchons. Laisse-moi faire. Mon frère
a continué la tradition de la famille en parlant à son
fils de l'oncle Gédéon. C'était devenu une sorte
de personnage de légende. Tous les soirs, avant
de s'endormir, l'enfant demandait une histoire de
l'oncle Gédéon à qui on prêtait maintes aventures.
Naturellement, il était fabuleusement riche, et,
quand il reviendrait...

— Je crois que je comprends.   Il est mort?

— A l'hôpital.   A Cleveland, où il lavait la vaisselle dans un restaurant.   On ne l'a jamais dit au gamin. On a continué l'histoire.

— Il y croyait?

Le père intervint, timidement.   C'est tout juste s'il ne[59] levait pas le doigt comme à l'école.

— Mon frère prétend que non, que le petit avait deviné, que ce n'était plus pour lui qu'un jeu.   Moi, au contraire, je suis à peu près sûr qu'il y croyait toujours.   Quand ses camarades lui ont raconté que le Père Noël n'existait pas, il a continué pendant deux ans à les contredire...

En parlant de son fils, il reprenait vie, se transfigurant.

— Je ne parviens pas à comprendre pourquoi il m'a écrit ce mot-là.   J'ai demandé à la concierge si un télégramme n'était pas arrivé.   Un moment, j'ai cru qu'André nous avait fait une farce.   Pourquoi, à six heures du matin, François a-t-il quitté notre logement en m'écrivant d'aller à la gare d'Austerlitz? Je m'y suis rendu comme un fou.   J'ai cherché partout.   Je m'attendais toujours à le voir arriver.   Dis, André, tu es sûr que...?

Il regardait le plan mural, le standard téléphonique. Il savait que toutes les catastrophes, tous les accidents de Paris aboutissaient fatalement ici.

— On ne l'a pas retrouvé, dit Lecœur.   On cherche toujours.   Vers huit heures, il était dans le quartier de l'Étoile.

— Comment le sais-tu?   On l'a vu?

— C'est difficile à t'expliquer.   Tout le long du

chemin, de chez toi à l'Arc de Triomphe, quelqu'un a brisé les glaces des avertisseurs de Police-Secours. Au pied du dernier, on a retrouvé un mouchoir d'enfant à carreaux bleus.

— Il avait des mouchoirs à carreaux bleus.

— Depuis huit heures, plus rien.

— Mais alors il faut que je retourne tout de suite à la gare.   C'est là qu'il ira fatalement, puisqu'il m'y a donné rendez-vous.

Il s'étonna du silence qui s'appesantissait soudain autour de lui, les regarda tour à tour, surpris, puis inquiet.

— Qu'est-ce que…?

Son frère baissa la tête tandis que le commissaire toussotait, prononçait enfin d'une voix hésitante:

— Avez-vous rendu visite à votre belle-mère, cette nuit?

Peut-être, comme son frère l'avait laissé entendre, n'avait-il pas une intelligence tout à fait normale? Les mots prirent un long moment à atteindre son cerveau.   Et on suivit en quelque sorte sur son visage les lents progrès[60] de sa pensée.

Il cessa de regarder le commissaire et c'est vers son frère qu'il se tourna, soudain rouge, les yeux brillants, en criant:

— André!   C'est toi qui as osé…?

Sans transition, sa fièvre tomba, il se pencha en avant sur sa chaise, se prit la tête à deux mains et se mit à pleurer à grands sanglots rauques.

III

LE commissaire Saillard, gêné, regarda André
Lecœur, s'étonna de le voir aussi calme, lui en
voulut peut-être un peu de ce qu'il dut prendre pour
de l'indifférence. Peut-être Saillard n'avait-il pas
de frère? Lecœur avait l'expérience du sien depuis
sa petite enfance. Des crises pareilles, il lui en avait
vu piquer tout gamin[61] et, en l'occurrence, il était
presque satisfait, car cela aurait pu se passer plus
mal; au lieu des larmes, de cette résignation accablée,
de cette sorte d'hébétude, on aurait pu être encombré
d'un Olivier indigné, déclamatoire, qui aurait lancé à
chacun ses quatre vérités.[62]

N'est-ce pas ainsi qu'il avait perdu la plupart de ses
emplois? Des semaines, des mois durant, il courbait
l'échine, remâchait son humiliation, se berçait de sa
propre douleur, puis soudain, alors qu'on s'y attendait
le moins,[63] presque toujours pour une raison futile,
pour un mot en l'air, un sourire, une contradiction sans
importance, il prenait feu.

— Que dois-je faire? questionnait le regard du
commissaire.

Et les yeux d'André Lecœur répondaient:

— Attendre...

Ce ne fut pas long. Les sanglots, comme ceux d'un
enfant, perdaient de leur force, se mouraient presque,
reprenaient pour un instant avec une intensité accrue.

Puis Olivier reniflait, risquait un regard autour de lui, paraissait encore bouder un peu en se cachant le visage.

Enfin il se redressait, amer, résigné, prononçait non sans fierté:

— Posez vos questions, je répondrai.

— A quelle heure, cette nuit, êtes-vous allé chez la mère Fayet? Un instant. Dites-moi d'abord à quelle heure avez-vous quitté votre logement?

— A huit heures, comme d'habitude, après avoir mis mon fils au lit.

— Il ne s'était rien passé d'inaccoutumé?

— Non. Nous avions dîné tous les deux. Il m'avait aidé à faire la vaisselle.

— Vous aviez parlé de Noël?

— Oui. Je lui avais laissé entendre qu'il aurait une surprise à son réveil.

— Il s'attendait à recevoir un poste de radio?

— Il en désirait un depuis longtemps. Il ne joue pas dans la rue, n'a pas d'amis, passe tout son temps libre à la maison.

— Vous n'avez jamais pensé que votre fils sait peut-être que vous avez perdu votre place à *La Presse*? Il ne lui est jamais arrivé de vous y téléphoner.

— Jamais. Quand je suis au travail, il dort.

— Personne n'a pu le lui dire?

— Personne ne le sait dans le quartier.

— Il est observateur?

— Rien de ce qui se passe autour de nous ne lui échappe.

— Vous l'avez mis au lit et vous êtes parti. Vous n'emportiez pas de casse-croûte avec vous?

Le commissaire venait d'y penser en voyant Godin déballer un sandwich au jambon. Or Olivier Lecœur regarda soudain ses mains vides et murmura:

— Ma boîte!

— La boîte dans laquelle vous avez l'habitude d'emporter votre manger?

— Oui. Je l'avais hier au soir, j'en suis sûr. Il n'y a qu'un seul endroit où je peux l'avoir laissée...

— Chez la mère Fayet?

— Oui.

— Un moment... Lecœur, passez-moi le poste de Javel... Allô... Qui est à l'appareil?... Janvier est là?... Appelez-le, voulez-vous?... C'est toi, Janvier?... Tu as fouillé le logement de la vieille? As-tu remarqué une boîte en fer contenant un casse-croûte?... Rien de semblable?... Tu es sûr?... J'aimerais mieux, oui... Rappelle-moi dès que tu auras vérifié... C'est important...

Et, se tournant vers Olivier:

— Votre fils dormait quand vous êtes parti?

— Il allait s'endormir. Nous nous sommes embrassés. J'ai commencé par marcher dans le quartier. Je suis allé jusqu'à la Seine et me suis assis sur le parapet, pour attendre.

— Attendre quoi?

— Que le gamin soit profondément endormi. De chez nous, on aperçoit les fenêtres de Mme Fayet.

— Vous aviez décidé de lui rendre visite?

— C'était le seul moyen. Je n'avais plus de quoi prendre le métro.[64]

— Et votre frère?

Les deux Lecœur se regardèrent.

— Je lui ai demandé tant d'argent depuis quelque
temps qu'il ne doit pas en avoir de reste.

— Vous avez sonné à la porte de l'immeuble?
Quelle heure était-il?

— Un peu plus de neuf heures.   La concierge m'a
vu passer.   Je ne me cachais pas, sauf de mon fils.

— Votre belle-mère n'était pas couchée?

— Non.   Elle m'a ouvert et m'a dit:

« — Te voilà, crapule! »

— Vous saviez que, malgré cela, elle vous donnerait
de l'argent?

— J'en étais à peu près sûr.

— Pour quelle raison?

— Il me suffisait de lui promettre un gros bénéfice.
Elle ne pouvait pas résister.   Je lui ai signé un papier
reconnaissant que je lui devais le double de la somme.

— Remboursable quand?

— Dans quinze jours.

— Et comment, à l'échéance, auriez-vous rem-
boursé?

— Je ne sais pas.   Je me serais arrangé.   Je voulais
que mon fils eût son Noël.

André Lecœur avait envie d'interrompre son frère
pour dire au commissaire étonné:

— Il a toujours été comme ça.

— Vous avez obtenu facilement ce que vous vouliez?

— Non.   Nous avons discuté longtemps.

— Combien de temps environ?

— Une demi-heure.   Elle m'a rappelé que je
n'étais qu'un bon à rien, que je n'avais apporté que
de la misère à sa fille et que c'était ma faute si elle était
morte.   Je n'ai pas répondu.   Je voulais l'argent.

— Vous ne l'avez pas menacée?

Il rougit, baissa la tête, balbutia:

— Je lui ai dit que, si je n'avais pas l'argent, je me tuerais.

— Vous l'auriez fait?

— Je ne crois pas. Je ne sais pas. J'étais très fatigué, très découragé.

— Et une fois en possession de la somme?

— Je suis allé à pied jusqu'à la station de Beaugrenelle, où j'ai pris le métro. J'en suis descendu au Palais Royal et je suis entré aux grands Magasins du Louvre. Il y avait beaucoup de monde. On faisait la queue devant les rayons.

— Quelle heure était-il?

— Peut-être onze heures. Je n'étais pas pressé. Je savais que le magasin ne fermerait pas de la nuit.[65] Il faisait chaud. Il y avait un train électrique qui fonctionnait.

Son frère adressa un léger sourire au commissaire.

— Vous ne vous êtes pas aperçu que vous aviez égaré la boîte contenant votre casse-croûte?

— Je ne pensais qu'au Noël de Bib.

— En somme, vous étiez très excité d'avoir de l'argent en poche?

Le commissaire ne comprenait pas si mal. Il n'avait pas eu besoin de connaître Olivier tout enfant. Autant il pouvait être déprimé, falot, les épaules rentrées,[66] rasant les murs, quand il avait les poches vides, autant il devenait confiant, voire inconscient, dès qu'il sentait quelques billets sur lui.

— Vous m'avez dit que vous avez signé un papier à votre belle-mère. Qu'en a-t-elle fait?

— Elle l'a glissé dans un vieux portefeuille qu'elle avait toujours sur elle, dans une poche qu'elle portait accrochée à sa ceinture, sous sa jupe.

— Vous connaissiez ce portefeuille?

— Oui.   Tout le monde le connaît.

Le commissaire se tourna vers André Lecœur.

— On ne l'a pas retrouvé.

Puis, à Olivier:

— Vous avez acheté la radio, puis le poulet, le gâteau. Où?

— Rue Montmartre, dans une maison que je connais, à côté d'un marchand de chaussures.

— Qu'avez-vous fait le reste de la nuit?   Quelle heure était-il lorsque vous avez quitté le magasin de la rue Montmartre?

— Il allait être minuit. La foule sortait des théâtres et des cinémas et se précipitait dans les restaurants.   Il y avait des bandes très gaies, beaucoup de couples.

Son frère, à cette heure-là, était déjà ici, devant son standard.

— Je me trouvais sur les Grands Boulevards,[67] à hauteur du Crédit Lyonnais, avec mes paquets à la main, lorsque les cloches se sont mises à sonner. Les gens, dans la rue, se sont embrassés.

Pourquoi Saillard éprouva-t-il le besoin de poser une question saugrenue, cruelle:

— Personne ne vous a embrassé?

— Non.

— Vous saviez où vous alliez?

— Oui.   Il existe au coin du boulevard des Italiens un cinéma permanent qui reste ouvert toute la nuit.

— Vous y étiez déjà allé?

Un peu gêné, il répondit en évitant de regarder son frère:

— Deux ou trois fois.   Ce n'est pas plus cher qu'une tasse de café dans un bar et on peut rester aussi longtemps qu'on veut.   Il fait chaud.   Certains y viennent pour dormir.

— Quand avez-vous décidé de finir la nuit au cinéma?

— Dès que j'ai touché l'argent.

Et l'autre Lecœur, l'homme calme et minutieux du standard, avait envie d'expliquer au commissaire:

— Voyez-vous, les pauvres types ne sont pas aussi malheureux qu'on le pense.   Sinon, ils ne tiendraient pas le coup.[68]   Ils ont leur univers, eux aussi, et, dans les recoins de cet univers, un certain nombre de petites joies.

Il reconnaissait si bien son frère qui, parce qu'il avait emprunté quelques billets—et comment les rendrait-il jamais, Seigneur?[69]—avait oublié ses peines, n'avait pensé qu'au bonheur de son fils à son réveil, puis, quand même, s'était offert personnellement une petite récompense!

Il était allé au cinéma, tout seul, tandis que des familles étaient réunies autour de tables bien garnies,[70] que la foule dansait dans les boîtes de nuit, que d'autres s'exaltaient l'âme dans la pénombre d'une église où dansait la flamme des cierges.

En somme, il avait eu son Noël à lui, un Noël à sa pointure.[71]

— A quelle heure avez-vous quitté le cinéma?

— Un peu avant six heures, pour prendre le métro.

— Quel film avez-vous vu?

— *Cœurs ardents.*   On donnait également un docu-
mentaire sur la vie des Esquimaux.

— Vous n'avez vu le spectacle qu'une fois?

— Deux fois, sauf les actualités, qu'on projetait à
nouveau quand je suis parti.

André Lecœur savait que ce serait vérifié, ne fût-ce
que par routine.   Mais ce ne fut pas nécessaire.   Son
frère fouillait ses poches, en retirait un bout de carton
déchiré, son ticket de cinéma, et en même temps un
autre carton rose.

— Tenez!   Voici aussi mon ticket de métro.

Il portait l'heure, la date, le timbre de la station
Opéra où il avait été pris.

Olivier n'avait pas menti.   Il ne pouvait pas
s'être trouvé, entre cinq heures et six heures et demie
du matin, dans la chambre de la vieille Fayet.

Il y avait maintenant une petite flamme de défi
dans son regard, avec une pointe de mépris.   Il
semblait leur dire, y compris à son frère:

— Parce que je suis un pauvre type, vous m'avez
soupçonné.   C'est la règle.[72]   Je ne vous en veux pas.[73]

Et, chose curieuse, on eut l'impression, soudain,
qu'il faisait plus froid dans la grande pièce où un des
employés discutait au téléphone avec un commissariat
de banlieue, au sujet d'une auto volée.

Cela tenait probablement à ce que, la question
Lecœur réglée, toutes les pensées se condensaient à
nouveau sur l'enfant.   C'était si vrai qu'instinctive-
ment les regards se portaient sur le plan de Paris où,
depuis un bon moment, les lampes avaient cessé de
s'éclairer.

C'était l'heure creuse.   Un autre jour, il y aurait eu,
de temps en temps, un accident de la circulation, surtout des vieilles femmes renversées aux carrefours
animés de Montmartre et des quartiers surpeuplés.

Aujourd'hui, les rues restaient presque vides,
comme au mois d'août, quand la plupart des Parisiens
sont à la campagne ou à la mer.

Il était onze heures et demie.   Il y avait plus de
trois heures qu'on ne savait rien du gamin, qu'on
n'avait reçu de lui aucun signe.

— Allô ! oui... J'écoute, Janvier... Tu dis qu'il
n'y a pas de boîte dans le logement?... Bon...
C'est toi qui as fouillé les vêtements de la morte?...
Gonesse l'avait fait avant toi?... Tu es sûr qu'elle
ne portait pas un vieux portefeuille sous sa jupe?
On t'en a parlé?... La concierge a vu monter
quelqu'un hier soir, vers neuf heures et demie?...
Je sais qui c'est... Et après? Il y a eu des allées et
venues dans la maison toute la nuit... Évidemment... Veux-tu faire un saut à la maison?...
Celle de derrière, oui... Je voudrais savoir s'il y a
eu du bruit au cours de la nuit, particulièrement au
troisième étage... Tu m'appelleras, c'est ça...

Il se tourna vers le père qui se tenait immobile sur
sa chaise, aussi humble, à nouveau, que dans une salle
d'attente de médecin.

— Vous comprenez le pourquoi de ma question?...
Est-ce que votre fils a l'habitude de se réveiller au
cours de la nuit?

— Il lui arrive d'être somnambule.

— Il se lève, se met à marcher?

— Non. Il s'assied dans son lit et il crie. C'est

toujours la même chose. Il croit que la maison est
en feu. Il a les yeux ouverts, mais ne voit rien.
Puis, peu à peu, son regard devient normal et il se
recouche avec un profond soupir. Le lendemain,
il ne s'en souvient pas.

— Il est toujours endormi quand vous rentrez le
matin?

— Pas toujours. Mais, même s'il ne dort pas, il
fait semblant de dormir pour que j'aille l'éveiller en
l'embrassant et en lui tirant le nez. C'est un geste
affectueux, vous comprenez?

— Il est probable que les voisins ont été plus
bruyants que d'habitude, la nuit dernière. Qui habite
sur le même palier que vous?

— Un Tchèque qui travaille à l'usine d'automobiles.

— Il est marié?

— Je ne sais pas. Il y a tant de gens dans l'immeuble, et les locataires changent si souvent, qu'on
les connaît mal. Le samedi, le Tchèque a l'habitude
de réunir une demi-douzaine d'amis pour boire et pour
chanter des chansons de son pays.

— Janvier va nous téléphoner s'il en a été ainsi hier.
Si oui, cela a pu éveiller votre fils. De toute façon,
l'attente d'une surprise que vous lui aviez promise a
dû le rendre nerveux. S'il s'est relevé, il est possible
qu'il soit allé machinalement à la fenêtre et qu'il vous
ait vu chez la vieille Fayet. Il ne se doutait pas
qu'elle était votre belle-mère?

— Non. Il ne l'aimait pas. Il l'appelait la
punaise. Il la croisait souvent dans la rue et prétendait qu'elle sentait la punaise écrasée.

L'enfant devait s'y connaître,[74] car les bestioles ne

manquaient sans doute pas dans la grande baraque
qu'ils habitaient.

— Cela l'aurait étonné de vous voir chez elle?

— Sûrement.

— Il savait qu'elle prêtait de l'argent à la petite
semaine?

— Tout le monde le savait.

Le commissaire se tourna vers l'autre Lecœur.

— Vous croyez qu'il y a quelqu'un à *La Presse*
aujourd'hui?

Ce fut l'ancien typographe qui répondit.

— Il y a toujours quelqu'un.

— Téléphonez-leur donc.   Essayez de savoir si on
ne s'est jamais informé d'Olivier Lecœur.

Celui-ci détourna la tête une fois de plus.   Avant
que son frère eût ouvert l'annuaire, il dit le numéro
de l'imprimerie.

Pendant le coup de téléphone, on ne pouvait rien
faire que se regarder, puis que regarder ces petites
lampes qui s'obstinaient à ne plus s'allumer.

— C'est très important, mademoiselle.   Cela peut
être une question de vie ou de mort...   Mais oui!
Donnez-vous la peine, je vous en prie, de questionner
tous ceux qui se trouvent là-bas en ce moment...
Comment dites-vous? Je n'y peux rien![75] C'est
Noël pour moi aussi et pourtant je vous téléphone...

Il grommela entre ses dents:

— Petite garce!

Et ils attendirent à nouveau, cependant qu'on
entendait dans l'appareil le cliquetis des linotypes.[76]

— Allô!...   Comment?...   Il y a trois semaines?

Un enfant, oui...

Le père était devenu tout pâle et regardait fixement ses mains.

— Il n'a pas téléphoné? Il est venu lui-même? Vers quelle heure? Un jeudi? Ensuite?... Il a demandé si Olivier Lecœur travaillait à l'imprimerie... Comment?... Qu'est-ce qu'on lui a répondu?...

Son frère, levant les yeux, le vit rougir, raccrocher d'un geste rageur.

— Ton fils est allé, un jeudi après-midi... Il devait se douter de quelque chose. On lui a répondu que tu ne travailles plus à *La Presse* depuis plusieurs semaines.

A quoi bon répéter les termes qu'il venait d'entendre? Ce qu'on avait dit au gamin, c'était:

« — Il y a un bout de temps qu'on a flanqué cet idiot-là à la porte! »

Peut-être pas par cruauté. Sans doute n'avait-on pas pensé que c'était le fils qui était là.

— Tu commences à comprendre, Olivier?

Celui-ci, chaque soir, s'en allait en emportant ses tartines, en parlant de son atelier de la rue du Croissant, et le gamin savait qu'il mentait.

Ne fallait-il pas en conclure aussi qu'il savait la vérité sur le fameux oncle Gédéon?

Il avait joué le jeu.

— Et moi qui lui ai promis sa radio...

Ils n'osaient presque plus parler, parce que les mots risquaient d'évoquer des images effrayantes.

Même ceux qui n'étaient jamais allés rue Vasco-de-Gama imaginaient maintenant le logement pauvre, le gamin de dix ans qui y passait seul de longues heures, cet étrange ménage du père et du fils qui, par peur de se faire du mal, se mentaient mutuellement.

Il aurait fallu pouvoir évoquer les choses avec une âme d'enfant: son père s'en allait après s'être penché sur son lit pour le baiser au front, et c'était Noël partout, les voisins buvaient et chantaient leurs chansons à gorge déployée.[77]

« — Demain matin, tu auras une surprise. »

Cela ne pouvait être que la radio convoitée et Bib en connaissait le prix.

Savait-il ce soir-là, que le portefeuille de son père était vide?

L'homme s'en allait, comme pour son travail, et ce travail n'existait pas.

Le gamin avait-il cherché à s'endormir? En face de sa chambre, de l'autre côté de la cour, se dressait un immense pan de mur avec les trous clairs des fenêtres, et de la vie bariolée derrière ses fenêtres.

Ne s'était-il pas accoudé, en chemise, pour regarder?

Son père, qui n'avait pas d'argent, allait lui acheter une radio.

Le commissaire soupira en frappant sa pipe sur son talon et en la vidant à même le plancher:

— Il est plus que probable qu'il vous a vu chez la vieille.

— Oui.

— Je vérifierai un fait tout à l'heure. Vous habitez le troisième étage et elle habitait l'entresol. Il est vraisemblable que seule une partie de la chambre est visible de vos fenêtres.

— C'est exact.

— Votre fils aurait-il pu vous voir sortir?

— Non! La porte est au fond de la pièce.

— Vous vous êtes approché de la fenêtre?

— Je m'y suis assis, sur le rebord.

— Un détail, qui peut avoir son importance. Cette fenêtre était-elle entr'ouverte?

— Elle l'était. Je me souviens que cela me faisait comme une barre froide dans le dos. Ma belle-mère a toujours dormi la fenêtre ouverte, hiver comme été. C'était une femme de la campagne. Elle a vécu un certain temps avec nous, tout de suite après notre mariage.

Le commissaire se tourna vers l'homme du standard.[78]

— Vous y aviez pensé, Lecœur?

— Au givre sur la vitre? J'y pense depuis ce matin. Si la fenêtre était entr'ouverte, la différence entre la température extérieure et la température intérieure n'était pas assez forte pour produire du givre.

Un appel. La fiche s'enfonçait dans un des trous.

— Oui... Vous dites?... Un gamin?...

Ils étaient tendus, autour de lui, à le regarder.

— Oui... Oui... Comment?... Mais oui, mettez tous les agents cyclistes à fouiller le quartier... Je m'occupe de la gare... Il y a combien de temps de cela?... Une demi-heure?... Il n'aurait pas pu prévenir plus tôt?...

Sans prendre le temps de donner des explications autour de lui, Lecœur plantait sa fiche dans un autre trou.

— La gare du Nord?... Qui est à l'appareil?... C'est toi, Lambert?... Écoute, c'est très urgent...

E

Fais fouiller sérieusement la gare...[79]   Qu'on surveille
tous les locaux, toutes les voies...   Demande aux
employés s'ils n'ont pas vu un gamin d'une dizaine
d'années rôder autour des guichets, n'importe où...
Comment?...   S'il est accompagné?...   Peu importe...   C'est fort possible...   Vite!...   Tiens-moi
au courant...   Bien sûr, mets-lui la main dessus...

— Accompagné? répéta son frère avec ahurissement.

— Pourquoi pas?   Tout est possible.   Il ne s'agit
peut-être pas de lui, mais, si c'est lui, nous avons une
demi-heure de retard...   C'est un épicier, rue de
Maubeuge, à hauteur de la gare du Nord, qui a un
comptoir en plein vent...   Il a vu un gamin prendre
deux oranges à l'étalage et s'enfuir...   Il n'a pas couru
après...   Un bon moment plus tard, seulement, un
sergent de ville se trouvant à proximité, il lui a signalé
le fait, par acquit de conscience...

— Votre fils avait de l'argent en poche? questionna
le commissaire.   Non?   Pas du tout?   Il ne pos-
sédait pas de tirelire?

— Il en avait une.   Mais je lui ai pris le peu qu'elle
contenait voici deux jours, en prétextant que je ne
voulais pas changer un gros billet.

Quelle importance, maintenant, prenaient ces détails!

— Vous ne croyez pas que je ferais mieux d'aller
moi-même voir à la gare du Nord?

— Je pense que ce serait inutile et nous pouvons
avoir besoin de vous ici.

Ils étaient un peu comme prisonniers de cette pièce,
du grand tableau aux lumières, du standard qui
les reliait à tous les points de Paris.   Quoi qu'il

arrivât, c'était ici qu'on en aurait la première nouvelle.
Le commissaire le savait si bien qu'il ne regagnait pas
son bureau et qu'il s'était enfin décidé à quitter son
gros pardessus, comme s'il faisait maintenant partie du
Central.

— Il n'a donc pu prendre ni le métro ni un autobus.
Il n'a pas pu non plus entrer dans un café ou dans une
cabine publique pour téléphoner.   Il n'a pas mangé
depuis six heures du matin.

— Mais qu'est-ce qu'il fait? s'écria le père en re-
devenant fiévreux.   Et pourquoi m'a-t-il envoyé à
la gare d'Austerlitz?

— Sans doute pour vous aider à fuir, dit Saillard à
mi-voix.

— A fuir, moi?

— Écoutez, mon ami…

Le commissaire oubliait que c'était le frère de l'inspecteur Lecœur et lui parlait comme à un « client ».

— Le gosse sait que vous êtes sans place, au bout
de votre rouleau, et cependant vous lui promettez un
Noël somptueux…

— Ma mère aussi se privait pendant des mois pour
notre Noël…

— Je ne vous adresse pas de reproches.   Je con-
state un fait.   Il s'accoude à la fenêtre et vous voit
chez une vieille chipie qui prête de l'argent à la petite
semaine.   Qu'est-ce qu'il en conclut?

— Je comprends.

— Il se dit que vous êtes allé emprunter.   Bon.
Peut-être est-il attendri, ou triste, je n'en sais rien.
Il se recouche, se rendort.

— Vous croyez?

— C'est à peu près sûr. S'il avait découvert, à neuf heures et demie du soir, ce qu'il a découvert à six heures du matin, il ne serait pas resté tranquillement dans sa chambre.

— Je comprends.

— Il se rendort. Peut-être pense-t-il davantage à sa radio qu'à la démarche que vous avez dû faire pour vous procurer l'argent. Vous-même, n'êtes-vous pas allé au cinéma? Il a un sommeil fébrile, comme tous les enfants la nuit de Noël. Il s'éveille plus tôt que d'habitude, alors qu'il fait noir, et la première chose qu'il découvre c'est qu'il y a des fleurs de givre sur les vitres. N'oubliez pas que c'est le premier givre de l'hiver. Il a voulu voir de près, toucher...

L'autre Lecœur, celui des fiches, celui des petites croix dans le calepin, eut un léger sourire, en constatant que le gros commissaire n'était pas si loin de son enfance qu'on aurait pu le penser.

— Il a gratté avec ses ongles...

— Comme j'ai vu Biguet le faire ce matin ici même, intervint André Lecœur.

— Nous en aurons la preuve, si c'est nécessaire, par l'identité judiciaire,[80] car, une fois le givre fondu, on doit retrouver les empreintes des doigts. Qu'est-ce qui frappe aussitôt l'enfant? Alors que tout est sombre dans le quartier, une fenêtre est éclairée, une seule, et c'est justement celle de la chambre où il a vu son père pour la dernière fois. Je ferai contrôler ces détails. Je jurerais, cependant, qu'il a aperçu le corps, en tout ou en partie. N'aurait-il vu que les pieds sur le plancher que, joint au fait que la chambre était éclairée, cela aurait suffi.[81]

— Il a cru?... commença Olivier, les yeux écar-
quillés.

— Il a cru que vous l'aviez tuée, oui, comme je n'ai
pas été loin de le croire. Réfléchissez, Lecœur.
L'homme qui tue, depuis plusieurs semaines, dans les
quartiers les plus éloignés de Paris, est un homme qui
vit la nuit, comme vous. C'est sans doute quelqu'un
qui a subi un choc sérieux, comme vous, car on ne se
met pas à tuer sans raison du jour au lendemain.
L'enfant sait-il ce que vous faisiez, toutes les nuits,
depuis que vous avez perdu votre place?

« Vous nous avez dit tout à l'heure que vous étiez
assis sur le rebord de la fenêtre. Où avez-vous posé
votre boîte à sandwiches?

— Sur l'appui, j'en suis presque sûr...

— Il l'a donc vue... Et il ignorait l'heure à
laquelle vous avez quitté votre belle-mère... Il ne
savait pas si, après votre départ, elle était encore
vivante... Dans son esprit, la lumière n'a pas dû
s'éteindre de la nuit...

« Qu'est-ce qui vous aurait frappé le plus, à sa place?

— La boîte...

— Exactement. La boîte qui allait permettre à la
police de vous identifier. Votre nom est-il dessus?

— Je l'ai écrit au canif.

— Vous voyez! Votre fils a supposé que vous
alliez revenir à votre heure habituelle, autrement dit
entre sept et huit heures. Il ne savait pas s'il
réussirait dans son entreprise. Il préférait de toute
façon ne pas revenir à la maison. Il s'agissait de vous
éloigner du danger.

— C'est pour cela qu'il m'a laissé un billet?

— Il s'est souvenu de l'oncle Gédéon. Il vous a écrit que celui-ci arrivait à la gare d'Austerlitz. Il savait que vous iriez, même si l'oncle Gédéon n'existait pas. Le texte ne pouvait en aucune façon vous compromettre...

— Il a dix ans et demi! protesta le père.

— Si vous croyez[82] qu'un gamin de dix ans et demi en sait moins que vous sur ces questions-là! Il ne lit pas d'histoires policières?

— Oui...

— Peut-être, s'il désire tant une radio, est-ce moins pour la musique ou les émissions théâtrales que pour les feuilletons policiers...

— C'est vrai.

— Il fallait, avant tout, reprendre la boîte compromettante. Il connaissait bien la cour. Il a dû y jouer souvent.

— Il y a passé des journées et des journées, avec la fille de la concierge.

— Il savait donc qu'il pouvait utiliser le tuyau de gouttière. Peut-être y a-t-il grimpé auparavant.

— Et maintenant? questionna Olivier avec un calme impressionnant. Il a repris la boîte, soit. Il est sorti de la maison de ma belle-mère sans difficulté, car la porte d'entrée s'ouvre de l'intérieur sans qu'il soit nécessaire d'appeler la concierge. Vous dites qu'il devait être un peu plus de six heures du matin.

— Je comprends, grommela le commissaire. Même sans se presser, il lui aurait fallu moins de deux heures pour se rendre à la gare d'Austerlitz où il vous a donné rendez-vous. Or il n'y est pas allé.

Indifférent à ces dissertations, l'autre Lecœur
enfonçait sa fiche, soupirait:

— Encore rien, vieux?

Et on lui répondait, de la gare du Nord:

— Nous avons déjà interrogé une vingtaine de
personnes qui accompagnaient des enfants, mais
aucun ne répond au signalement donné.

N'importe quel gosse, évidemment, pouvait avoir
volé des oranges à un étalage. Mais n'importe quel
gosse n'aurait pas défoncé coup sur coup sept vitres
d'appareils de police-secours. Lecœur en revenait
toujours à ses petites croix. Il ne s'était jamais cru
beaucoup plus malin que son frère, mais il avait pour
lui la patience et l'obstination.

— Je suis sûr, dit-il, qu'on retrouvera la boîte aux
sandwiches dans la Seine, près du pont Mirabeau.

Des pas dans l'escalier. Les jours ordinaires on
n'y prêtait pas attention. Un matin de Noël, on
tendait malgré soi l'oreille.

C'était un agent cycliste qui apportait le mouchoir
taché de sang trouvé près de la septième borne. On le
tendit au père.

— C'est bien à Bib.

— Donc, il est suivi, affirma le commissaire. S'il
n'était pas suivi, s'il en avait le temps, il ne se conten-
terait pas de briser des vitres. Il parlerait.

— Pardon, fit Olivier, qui était le seul à n'avoir
pas encore compris. Suivi par quoi? Et pourquoi
appelle-t-il la police?

On hésitait à le mettre au courant, à lui ouvrir les
yeux. Ce fut son frère qui s'en chargea.

— Parce que si, en allant chez la vieille Fayet, il

était persuadé que tu étais le meurtrier, en sortant de la maison il ne le croyait plus.   *Il savait.*

— Il savait quoi?

— Il savait *qui*!   Comprends-tu maintenant?   Il a découvert quelque chose, nous ignorons quoi, et c'est ce que nous cherchons depuis des heures.   Seulement, on ne lui laisse pas la possibilité de nous le faire savoir.

— Tu veux dire...?

— Je veux dire que ton fils est derrière l'assassin ou que l'assassin est derrière lui.   L'un suit l'autre, je ne sais pas lequel, et n'entend pas le lâcher.   Dites donc, monsieur le commissaire, est-ce qu'il y a eu une prime d'annoncée?

— Une grosse prime, après le troisième meurtre. Elle a été doublée la semaine dernière.   Tous les journaux en ont parlé.

— Alors, dit André Lecœur, ce n'est pas nécessairement Bib qui est suivi.   C'est peut-être lui qui suit. Seulement, dans ce cas...

Il était midi et il y avait quatre heures que l'enfant n'avait plus donné signe de vie, sauf si c'était lui le petit voleur des deux oranges, rue de Maubeuge.

IV

Peut-être, après tout, son jour était-il arrivé ? André Lecœur avait lu quelque part que tout être, si terne, si infortuné soit-il, une fois dans sa vie, tout au moins, connaît une heure d'éclat, pendant laquelle il lui est donné de se réaliser.

Il n'avait jamais eu une haute opinion de lui-même, ni de ses possibilités. Quand on lui demandait pourquoi il avait choisi un poste sédentaire et mono-tone au lieu de s'inscrire, par exemple, à la brigade des homicides, il répondait :

— Je suis tellement paresseux !

Parfois, il ajoutait :

— Peut-être aussi ai-je peur des coups ?

Ce n'était pas vrai. Mais il savait qu'il avait l'esprit lent.

Tout ce qu'il avait appris à l'école lui avait coûté un long effort. Les examens de police, que d'autres passent en se jouant, lui avaient donné beaucoup de mal.

Était-ce à cause de cette connaissance de lui-même qu'il ne s'était pas marié ? Peut-être. Il lui semblait que, quelle que fût la femme qu'il choisirait, il se sentirait inférieur et se laisserait dominer.

Il ne pensait pas à tout cela, aujourd'hui. Il ignorait encore que son heure approchait peut-être — si heure il y avait.

Une nouvelle équipe, toute fraîche, endimanchée, celle-ci, une équipe qui avait eu le temps de fêter Noël en famille, venait de remplacer celle du matin et il y avait comme un fumet de gâteaux et d'alcools fins dans les haleines.

Le vieux Bedeau avait pris sa place devant le standard, mais Lecœur n'était pas parti, avait dit simplement:

— Je reste encore un peu.

Le commissaire Saillard était allé déjeuner en hâte à la Brasserie Dauphine, à deux pas, en recommandant qu'on l'appelle s'il y avait du nouveau. Janvier avait regagné le quai des Orfèvres, où il était en train de rédiger son rapport.

Lecœur n'avait pas envie d'aller se coucher. Il n'avait pas sommeil. Il lui était arrivé de passer trente-six heures à son poste, lors des émeutes de la place de la Concorde, et une autre fois, pendant les grèves générales, les hommes du Central avaient campé dans le bureau pendant quatre jours et quatre nuits.

Son frère était le plus impatient.

— Je veux aller chercher Bib, avait-il déclaré.

— Où?

— Je ne sais pas. Du côté de la gare du Nord.

— Et si ce n'est pas lui qui a volé les oranges? S'il est dans un tout autre quartier? Si, dans quelques minutes ou dans deux heures, nous avons de ses nouvelles?

— Je voudrais faire quelque chose.

On l'avait assis sur une chaise, dans un coin, car il refusait de s'étendre. Il avait les paupières rouges de fatigue et d'angoisse et il commençait à tirer sur ses doigts comme quand, enfant, on le mettait dans le coin.

André Lecœur, par discipline, avait essayé de se reposer. Il y avait, attenant à la grande pièce, une sorte de cagibi avec un lavabo, deux lits de camp et un portemanteau où, parfois, les nuiteux, pendant une accalmie, allaient faire un somme.

Lecœur avait fermé les yeux. Puis sa main avait saisi, dans sa poche, le calepin qui ne le quittait jamais, et, couché sur le dos, il s'était mis à en tourner les pages.

Il n'y avait que des croix, des colonnes de croix minuscules que, des années durant,[83] il s'était obstiné à tracer sans y être obligé, sans savoir au juste à quoi cela pourrait servir un jour. Des gens tiennent leur journal. D'autres, c'est un compte de leurs moindres dépenses, ou de leurs pertes au bridge.

Ces croix-là, dans des colonnes étroites, représen-taient des années de la vie nocturne de Paris.

— Café, Lecœur?

— S'il vous plaît.

Mais, comme il se sentait trop loin, dans ce cagibi d'où il ne voyait pas le tableau aux lumières, il tira le lit de camp dans le bureau, but son café et, dès lors, passa son temps à consulter les croix de son carnet et à fermer les yeux. Parfois, entre ses cils mi-clos, il observait son frère tassé sur sa chaise, les épaules basses, la tête pendante, avec, seulement, comme signe de son drame intérieur, les crispations convulsives de ses longs doigts pâles.

Ils étaient des centaines, maintenant, non seule-ment à Paris, mais dans la banlieue, à avoir reçu le

signalement de l'enfant.   De temps en temps naissait
un espoir.   Un commissariat appelait, mais il s'agissait d'une petite fille, ou d'un garçon trop jeune ou
trop vieux.

Lecœur fermait à nouveau les yeux et soudain il les
rouvrit, comme s'il venait de s'assoupir, regarda
l'heure, chercha le commissaire autour de lui.

— Saillard n'est pas revenu?

— Il est sans doute passé par le quai des Orfèvres.

Olivier le regarda, surpris de le voir arpenter la vaste
pièce, et Lecœur remarquait à peine que le soleil,
dehors, avait fini par percer le dôme blanc des nuages,
que Paris, par cette après-midi de Noël, était tout clair,
comme printanier.

Ce qu'il guettait, c'était les pas dans l'escalier.

— Tu devrais aller acheter quelques sandwiches,
dit-il à son frère.

— A quoi?

— Au jambon.   Peu importe.   Ce que tu trouveras.

Olivier quittait le bureau après un regard au tableau
des lumières, soulagé, malgré son angoisse, d'aller
respirer l'air un moment.

Ceux qui avaient remplacé l'équipe du matin ne
savaient presque rien, sinon qu'il s'agissait du tueur,
et qu'il y avait quelque part dans Paris un petit garçon
en danger.   L'événement, pour eux qui n'avaient pas
passé la nuit ici, n'avait pas la même couleur, était
comme décanté,[84] réduit à quelques données précises
et froides.   Le vieux Bedeau, à la place de Lecœur,
faisait des mots croisés, le casque d'écoute sur la
tête, s'interrompant à peine pour le traditionnel:

— Allô!   Austerlitz?   Votre car est sorti?...

Une noyée qu'on venait de repêcher dans la Seine. Cela aussi faisait partie de la tradition de Noël.

— Je voudrais vous parler un moment, monsieur le commissaire.

Le lit de camp avait repris sa place dans le cagibi et c'était là que Lecœur entraînait le chef de la brigade des homicides. Le commissaire fumait sa pipe, retirait son pardessus, regardait son interlocuteur avec une certaine surprise.

— Je vous demande pardon de me mêler de ce qui ne me regarde pas, c'est au sujet du tueur...

Il avait son petit carnet à la main, mais on aurait dit qu'il le connaissait par cœur et qu'il ne le consultait que par contenance.

— Excusez-moi si je vous dis en désordre ce que j'ai en tête, mais j'y pense tellement depuis ce matin que...

Tout à l'heure, quand il était couché, cela paraissait si net à son esprit que c'en était éblouissant.[85] Maintenant, il cherchait ses mots, ses idées, qui devenaient moins précises.

— Voilà! J'ai d'abord remarqué que les huit crimes ont été commis après deux heures du matin et, la plupart, après trois heures...

Au visage du commissaire, il comprit que cette constatation n'avait pour les autres rien de particulièrement troublant.

— J'ai eu la curiosité de chercher l'heure de la majorité des crimes de ce genre, depuis trois ans. C'est presque toujours entre dix heures du soir et deux heures du matin.

Il devait faire fausse route, car il n'obtenait aucune

réaction.   Pourquoi ne pas dire franchement comment
son idée lui était venue?   Ce n'était pas le moment de
se laisser arrêter par des pudeurs.

— Tout à l'heure, en regardant mon frère, j'ai
pensé que l'homme que vous cherchez doit être un
homme comme lui.   Un moment, même, je me suis
demandé si ce n'était pas lui.   Attendez...

Il se sentait sur la bonne voie.   Il avait vu les yeux
du commissaire exprimer autre chose qu'une attention
polie, un peu ennuyée.

— Si j'en avais eu le temps, j'aurais mis mes idées
en ordre.   Mais vous allez voir...   Un homme qui
tue huit fois, presque coup sur coup, est un maniaque,
n'est-ce pas?...   C'est un être qui, du jour au lendemain, pour une raison quelconque, a eu le cerveau
troublé...

» Mon frère a perdu sa place et, pour ne pas l'avouer
à son fils, pour ne pas déchoir à ses yeux, a continué
pendant des semaines à sortir de chez lui à la même
heure, à se comporter exactement comme s'il travaillait... »

L'idée, traduite en mots, en phrases, perdait de sa
force.   Il sentait bien que, malgré un effort évident,
Saillard ne parvenait pas à voir là une lueur.

— Un homme à qui, soudain, on reprend tout ce
qu'il avait, tout ce qui constituait sa vie...

— Et qui devient fou?

— Je ne sais pas s'il est fou.   Peut-être que cela
s'appelle ainsi.   Quelqu'un qui se croit des raisons de
haïr le monde entier, d'avoir une revanche à prendre
sur les hommes...

» Vous savez bien, monsieur le commissaire, que les

autres, les vrais assassins, tuent toujours de la même façon.

» Celui-ci s'est servi du couteau, d'un marteau, d'une clef anglaise. Il a étranglé une des femmes.

» Et nulle part il ne s'est laissé voir. Nulle part il n'a laissé de traces. Où qu'il habite, il a dû parcourir des kilomètres dans Paris à une heure où il n'y a ni autobus ni métro. Or, bien que la police soit en alerte depuis les premiers crimes, bien qu'elle dévisage les passants et interpelle tous les suspects, il ne s'est pas fait une seule fois remarquer. »

Il avait envie, tant il se sentait enfin sur la bonne voie, tant il avait peur qu'on se lasse de son discours, de murmurer:

— Écoutez-moi jusqu'au bout, je vous en supplie...

Le cagibi était exigu et il marchait, trois pas dans chaque sens, devant le commissaire assis au bord du lit de camp.

— Ce ne sont pas des raisonnements, croyez-moi. Je ne suis pas capable de raisonnements extraordinaires. Mais ce sont mes petites croix, ce sont les faits que j'ai enregistrés...

» Ce matin, par exemple, il a traversé la moitié de Paris sans passer devant un poste de police, sans traverser un carrefour surveillé.

— Vous voulez dire qu'il connaît le XVe arrondissement à fond?

— Pas seulement le XVe, mais deux autres arrondissements pour le moins, si on en juge d'après les précédents crimes: le XXe et le XIIe. Il n'a pas choisi ses victimes au hasard. Pour toutes, il savait que c'étaient des solitaires, vivant dans des conditions telles qu'il pouvait les attaquer à peu de risques.

Il faillit se décourager en entendant la voix morne de son frère.

— Les sandwiches, André !

— Oui. Merci. Manges-en. Va t'asseoir...

Il n'osait pas fermer la porte, par une sorte d'humilité. Il n'était pas un personnage assez important pour s'enfermer avec le commissaire.

— S'il a chaque fois changé d'arme, c'est qu'il sait que cela déroutera les esprits, donc il *sait* que les assassins, en général, s'en tiennent à une seule méthode.

— Dites donc, Lecœur...

Le commissaire venait de se lever et regardait l'inspecteur avec des yeux vagues, comme s'il suivait à présent sa propre pensée.

— Vous voulez dire que...?

— Je ne sais pas. Mais l'idée m'est venue que c'était peut-être quelqu'un de chez nous. Quelqu'un, en tout cas, qui a travaillé chez nous.

Il baissa la voix.

— Quelqu'un à qui il serait arrivé la même chose qu'à mon frère, vous comprenez? Un pompier congédié aura assez facilement l'idée d'allumer des incendies. C'est arrivé deux fois en trois ans. Quelqu'un de la police...

— Mais pourquoi voler?

— Mon frère, lui aussi, avait besoin d'argent, pour faire croire à son fils qu'il continuait à gagner sa vie, qu'il travaillait toujours à *La Presse*. Si c'est un nuiteux et qu'il laisse croire à quelqu'un qu'il est toujours en fonction, il est fatalement dehors toute la nuit et cela explique qu'il commette ses crimes après trois heures du matin. Il en a jusqu'au jour à attendre de rentrer chez lui. Les premières heures sont faciles. Il y a des cafés, des bars ouverts. Après, il est seul dans les rues...

Saillard grogna comme pour lui-même:

— Il n'y a personne aujourd'hui à la direction du personnel.[86]

— Peut-être pourrait-on toucher[87] le directeur chez lui? Peut-être se souvient-il?

Lecœur n'avait pas fini. Il y avait encore maintes choses qu'il aurait voulu dire et qui lui échappaient. Peut-être tout cela n'était-il qu'un jeu de son esprit? Cela lui apparaissait comme tel par moment, mais, à d'autres, il lui semblait qu'il était arrivé à une lumineuse évidence.

— Allô! Pourrais-je parler à M. Guillaume, s'il vous plaît? Il n'est pas chez lui? Vous ne savez pas où j'ai des chances de le trouver? Chez sa fille, à Auteuil? Vous savez son numéro de téléphone?

Ceux-là aussi avaient fait un bon déjeuner en famille et devaient siroter leur café avec des liqueurs.

— Allô! monsieur Guillaume? Ici, Saillard, Oui. J'espère que je ne vous dérange pas trop. Vous n'étiez plus à table? C'est au sujet du tueur. Il y a du nouveau. Rien de précis encore. Je voudrais vérifier une hypothèse et c'est urgent. Ne vous étonnez pas trop de ma question. Un membre du personnel de la police, à un échelon quelconque, a-t-il été révoqué au cours des derniers mois? Vous dites? Pas un seul cette année?

F

Lecœur sentit sa poitrine se serrer[88] comme si une catastrophe fondait sur lui et jeta un regard lamentable au plan de Paris. Il avait perdu la partie. Dès maintenant, il renonçait, s'étonnant de voir son chef insister.

— C'est peut-être plus ancien, je ne sais pas. Il s'agirait d'un nuiteux qui aurait travaillé dans plusieurs arrondissements, entre autres le XVe, le XXe et le XIIe. Quelqu'un que son renvoi aurait considérablement aigri. Comment?

La voix de Saillard prononçant ce dernier mot rendit l'espoir à Lecœur, tandis qu'autour d'eux les autres ne comprenaient rien à cet entretien.

— Le brigadier Loubet? En effet, j'en ai entendu parler, mais je ne faisais pas encore partie du conseil de discipline[89] à cette époque-là. Trois ans, oui. Vous ne savez pas où il habitait? Quelque part du côté des Halles?

Mais, trois ans, cela ne tenait plus, et Lecœur était découragé à nouveau. Il était improbable qu'un homme gardât trois ans son humiliation et sa haine sur le cœur avant d'agir.

— Vous ne savez pas ce qu'il est devenu?[90] Évidemment. Oui. Ce sera difficile aujourd'hui...

Il raccrocha et regarda Lecœur avec attention, lui parla comme il aurait parlé à un égal.

— Vous avez entendu? Il y a eu le brigadier Loubet qui a reçu toute une série d'avertissements et a été changé trois ou quatre fois de commissariat avant d'être révoqué. Il a très mal pris la chose. Il buvait. Guillaume croit qu'il est entré dans une agence de police privée. Si vous voulez essayer...

Lecœur le fit sans conviction, mais c'était encore agir au lieu d'attendre devant le fameux plan. Il commença par les agences les plus louches, se doutant qu'un homme comme Loubet n'aurait pas été embauché dans une entreprise sérieuse. La plupart des bureaux étaient fermés. Il appelait les gens chez eux.

Souvent il entendait des voix d'enfants.

— Connais pas. Voyez chez Tisserand, boulevard Saint-Martin. C'est lui qui ramasse toute la racaille.

Mais ce n'était pas chez Tisserand non plus, qui se spécialisait dans les filatures. Pendant trois quarts d'heure, Lecœur occupa le même téléphone pour entendre enfin quelqu'un grogner avec colère:

— Ne me parlez pas de cette crapule-là. Il y a plus de deux mois que je l'ai flanqué à la porte et, bien qu'il ait menacé de me faire chanter,[91] il n'a pas bougé le petit doigt. Si je le rencontre, je lui envoie mon poing dans la figure.

— Qu'est-ce qu'il faisait chez vous?

— Surveillance des immeubles, la nuit.

André Lecœur se transfigurait à nouveau.

— Il buvait beaucoup?

— C'est-à-dire qu'il était ivre après une heure à peine de service. Je ne sais pas comment il s'y prenait, mais il s'arrangeait pour se faire servir à boire gratuitement.

— Vous avez son adresse exacte?

— 27 bis, rue du Pas-de-la-Mule.

— Il a le téléphone?

— C'est possible. Je n'ai aucune envie de lui téléphoner. C'est tout? Je peux continuer mon bridge?

On entendit l'homme qui, en raccrochant, expliquait à ses amis.

Le commissaire avait déjà saisi un annuaire et y avait trouvé le nom de Loubet.   Il appelait le numéro. Il y avait maintenant, entre lui et André Lecœur, comme une entente tacite.   Ils partageaient le même espoir.   Au moment de toucher au but, ils avaient le même tremblement au bout des doigts tandis que l'autre Lecœur, Olivier, sentait bien qu'il se passait quelque chose d'important, s'était levé et les regardait tour à tour.

Sans y être invité, André Lecœur eut un geste que, le matin encore, il n'aurait jamais cru pouvoir se permettre: il saisit le second écouteur.   On entendit la sonnerie, là-bas, dans l'appartement de la rue du Pas-de-la-Mule; elle sonna longtemps, comme dans le vide, et la poitrine de Lecœur recommençait à se serrer[92] quand on décrocha.

Dieu soit loué! c'était une voix de femme, de vieille femme déjà, qui prononçait:

— C'est toi, enfin?   Où es-tu?

— Allô! madame, ce n'est pas votre mari qui parle.

— Il lui est arrivé un malheur?

On aurait dit, à l'entendre, que cette idée lui faisait plaisir, qu'elle attendait depuis longtemps cette nouvelle-là.

— C'est bien Mme Loubet qui est à l'appareil?

— Qui serait-ce?

— Votre mari n'est pas chez vous?

— D'abord, qui parle?

— Le commissaire Saillard...

— Pourquoi avez-vous besoin de lui?

Le commissaire mit un instant la main sur le micro, dit tout bas à Lecœur:

— Téléphonez à Janvier de courir tout de suite là-bas.

Un commissariat appela au même moment, de sorte qu'il y avait à la fois trois appareils en fonction dans la pièce.

— Votre mari n'est pas rentré ce matin?

— Si la police était bien faite, vous le sauriez.

— Cela lui arrive souvent?

— Cela le regarde, n'est-ce pas?

Elle détestait probablement son ivrogne de mari, mais, du moment qu'on l'attaquait, elle se rangeait de son côté.

— Vous savez qu'il ne fait plus partie de l'adminis-tration.

— Sans doute qu'il n'est pas assez crapule pour ça!

— Quand a-t-il cessé de travailler pour l'agence Argus?

— Hein?... Un moment, s'il vous plaît... Qu'est-ce que vous dites?... Vous essayez de me tirer les vers du nez, n'est-ce pas?

— Je regrette, madame. Il y a plus de deux mois que votre mari a été mis à la porte de l'agence.

— Vous mentez.

— Autrement dit, depuis deux mois, il s'en allait chaque soir à son travail?

— Où serait-il allé? Aux Folies-Bergère?

— Pourquoi n'est-il pas rentré ce matin? Il ne vous a pas téléphoné?

Elle eut probablement peur d'être prise de court, car elle choisit le parti de raccrocher.

Quand le commissaire raccrocha à son tour et se retourna, il vit André Lecœur, debout derrière lui, qui prononçait en détournant la tête:

— Janvier est parti là-bas...

Et, du doigt, il effaçait, au coin de sa paupière, une trace d'humidité.

V

O N le traitait d'égal à égal. Il savait que cela ne
durerait pas, que demain il ne serait plus qu'un
employé assez terne à son standard, un maniaque
traçant des petites croix dans un carnet inutile.

Les autres ne comptaient pas. On ne s'occupait
même pas de son frère, qui les regardait tour à tour
avec des yeux de lapin, les écoutait sans comprendre,
se demandait pourquoi, alors qu'il s'agissait de la vie
de son fils, on parlait tant au lieu d'agir.

Deux fois il était venu tirer André par la manche.

— Laisse-moi aller chercher... suppliait-il.

Chercher où? Chercher qui? Le signalement de
l'ex-brigadier Loubet était déjà transmis à tous les
commissariats, à toutes les gares, à toutes les patrouilles.

On ne cherchait plus seulement un enfant, mais un
homme de cinquante-huit ans, probablement ivre, qui
connaissait son Paris et la police parisienne sur le
bout des doigts,[93] qui était vêtu d'un pardessus noir à
col de velours et coiffé d'un vieux feutre gris.

Janvier était revenu, plus frais que les autres.
Tous ceux qui arrivaient en avaient pour un bon
moment à être entourés comme d'une aura de fraîcheur
apportée du dehors. Puis peu à peu ils étaient enve-
loppés par la grisaille ambiante dans laquelle on avait
l'air de vivre au ralenti.

— Elle a essayé de me fermer la porte au nez, mais j'avais eu soin d'avancer le pied. Elle ne sait rien. Elle prétend qu'il lui a rapporté sa paye les derniers mois comme d'habitude.

— C'est bien pour cela qu'il était obligé de voler. Il n'avait pas besoin de grosses sommes, il n'aurait su qu'en faire. Comment est-elle?

— Petite, noiraude, avec des yeux très vifs et des cheveux teints, presque bleus. Elle doit avoir de l'eczéma ou des boutons sur la peau, car elle porte des mitaines!

— Tu as une photo de lui?

— Je l'ai prise presque de force, sur le buffet de la salle à manger. La femme ne voulait pas.

Un homme épais et sanguin, aux yeux à fleur de peau,[94] qui avait dû être dans sa jeunesse le coq de son village[95] et qui en avait gardé un air de stupide arrogance. Encore la photo était-elle vieille de plusieurs années. Aujourd'hui, Loubet devait être déchu, ses chairs fondues, avec quelque chose de sournois au lieu de son assurance.

— Tu n'as pas pu savoir quels endroits il fréquente?

— A ce que j'ai compris, elle le tient serré, sauf la nuit, quand il est, ou qu'elle le suppose, à son travail. J'ai questionné la concierge. Il a très peur de sa femme. Souvent, le matin, la concierge le voit arriver zigzaguant, mais il se redresse dès qu'il pose la main sur la rampe de l'escalier. Il fait le marché avec sa femme, ne sort, de jour, qu'en sa compagnie. Quand il dort et qu'elle a des courses à faire, elle l'enferme et emporte la clef.

— Qu'est-ce que vous en pensez, Lecœur?

— Je me demande si mon neveu et lui sont ensemble.

— Que voulez-vous dire?

— Ils n'étaient pas ensemble, au début, vers six heures et demie du matin, car Loubet aurait empêché le gamin de briser la glace des avertisseurs. Une certaine distance les séparait. L'un des deux suivait l'autre...

— Lequel, à votre avis?

C'était déroutant d'être écouté de la sorte, comme s'il était devenu de but en blanc une sorte d'oracle. Jamais il ne s'était senti aussi humble de sa vie, tant il avait peur de se tromper.

— Quand le gamin a grimpé le long du tuyau de gouttière, il croyait son père coupable, puisqu'il l'envoyait, à l'aide du billet et de la fable de l'oncle Gédéon, à la gare d'Austerlitz, où il comptait sans doute le rejoindre après avoir fait disparaître la boîte à tartines.

— Cela paraît probable...

— Bib n'a pas pu croire... essaya de protester Olivier.

— Tais-toi!... A ce moment-là, le crime venait d'être commis. L'enfant n'aurait pas tenté son escalade s'il n'avait aperçu le cadavre...

— Il l'a vu, affirma Janvier. De sa fenêtre, il pouvait découvrir le corps depuis les pieds jusqu'à mi-cuisse.

— Ce que nous ne savons pas, c'est si l'homme était encore dans la chambre.

— Non! dit le commissaire à son tour. Non, s'il y avait été, il se serait tenu caché pendant que le gamin entrait par la fenêtre et aurait supprimé ce témoin dangereux comme il venait de supprimer la vieille.

Il fallait arriver à comprendre, pourtant, à reconstituer les moindres détails si on voulait retrouver le jeune Lecœur, que deux postes de radio au lieu d'un attendaient pour son Noël.

— Dis-moi, Olivier, quand tu es rentré chez toi ce matin, est-ce que la lumière était allumée?

— Elle l'était.

— Dans la chambre du petit?

— Oui.   Cela m'a donné un choc.   J'ai cru qu'il était malade.

— Donc, le tueur a pu voir la lumière.   Il a craint d'avoir eu un témoin.   Il n'a certainement pas pensé que quelqu'un allait s'introduire dans la chambre en grimpant par la gouttière.   Il est sorti précipitamment de la maison.

— Et il a attendu dehors pour savoir ce qui allait se passer.

C'était tout ce que l'on pouvait faire: des suppositions.   En essayant de suivre la logique humaine autant que possible.   Le reste, c'était l'affaire des patrouilles, des centaines d'agents éparpillés dans Paris, du hasard enfin.

— Plutôt que de repartir par le même chemin, l'enfant est sorti de la maison de la vieille par la porte...

— Un instant, monsieur le commissaire.   A ce moment-là, il savait probablement que son père n'était pas le meurtrier.

— Pourquoi?

— J'ai entendu dire tout à l'heure, je crois que c'est

par Janvier, que la vieille Fayet avait perdu beaucoup
de sang. Si le crime venait d'être commis, ce sang
n'était pas encore sec, le corps restait chaud. Or
c'est le soir, vers neuf heures, que Bib avait vu son
père dans la chambre...

A chaque évidence nouvelle, on avait un nouvel
espoir. On sentait qu'on avançait. Le reste paraissait plus facile. Parfois les deux hommes ouvraient
la bouche en même temps, frappés par une pensée
identique.

— C'est en sortant que le gamin a découvert
l'homme, Loubet ou un autre, Loubet probablement.
Et celui-ci ne pouvait pas savoir si on avait vu son
visage. L'enfant, pris de peur, s'est précipité droit
devant lui...

Cette fois, ce fut le père qui intervint. Il dit non,
expliqua d'une voix monotone:

— Pas si Bib savait qu'il y avait une grosse récompense. Pas s'il savait que j'ai perdu ma place.
Pas s'il m'a vu chez ma belle-mère emprunter de
l'argent...

Le commissaire et André se regardèrent et, parce
qu'ils sentaient que l'autre Lecœur avait raison, ils
eurent peur, en même temps.

Cela devenait presque hallucinant. Un bout de
rue déserte, dans un des quartiers les plus désolés de
Paris, et c'était encore la nuit, il y en avait pour deux
heures avant que le jour se levât.

D'une part un homme, un obsédé, qui venait de tuer
pour la huitième fois en quelques semaines, par haine,
par dépit, par besoin aussi, peut-être pour se prouver
Dieu sait quoi à lui-même, un homme qui mettait son

dernier orgueil à défier l'univers entier à travers la
police.

Était-il ivre, comme à son ordinaire? Sans doute,
une nuit de Noël, où les bars sont ouverts jusqu'au
matin, avait-il bu plus encore que de coutume et
voyait-il le monde à travers ses gros yeux d'ivrogne;
il voyait, dans cette rue, dans ce désert de pierre, entre
des façades aveugles,[96] un enfant, un gamin qui
savait, qui allait le faire prendre, mettre fin à ses
délirantes entreprises.

— Je voudrais savoir s'il avait un revolver, soupira
le commissaire.

Il n'eut pas à attendre la réponse. Elle vint tout
de suite, de Janvier.

— J'ai posé la question à sa femme. Il portait
toujours un automatique, mais qui n'était pas chargé.

— Pourquoi?

— Sa femme avait peur de lui. Quand il était dans
un certain état, au lieu de courber la tête, il lui arrivait
de la menacer. Elle avait enfermé les cartouches,
prétendant qu'en cas de besoin l'arme suffirait à faire
peur sans qu'il fût besoin de tirer.

Est-ce qu'ils avaient vraiment, le vieux dément
et l'enfant, joué, dans les rues de Paris, au chat et à la
souris? L'ancien policier ne pouvait espérer gagner
à la course un gamin de dix ans. L'enfant, de son
côté, était incapable de maîtriser un homme de cette
corpulence.

Or cet homme-là, pour lui, représentait une fortune,
la fin de leurs misères. Son père n'aurait plus à errer
la nuit dans la ville pour faire croire qu'il travaillait
toujours rue du Croissant, ni de coltiner des légumes

aux Halles, ni enfin de venir s'humilier devant une vieille Fayet pour obtenir un prêt au remboursement improbable.[97]

Il n'était plus nécessaire de parler beaucoup. On regardait le plan, le nom des rues. Sans doute l'enfant se tenait-il à distance prudente du meurtrier et sans doute aussi, pour l'effrayer, celui-ci avait-il montré son arme.

Il y avait, dans les alvéoles de toutes les maisons de la ville, des milliers de gens qui dormaient, qui ne pouvaient leur être utiles ni à l'un ni à l'autre.

Loubet ne pouvait rester éternellement dans la rue, à guetter l'enfant qui gardait prudemment sa distance, et il s'était mis à marcher, en évitant les rues dangereuses, la lanterne bleue des commissariats, les carrefours surveillés.

Dans deux heures, dans trois heures, il y aurait des passants sur les trottoirs et le gamin, sans doute, se précipiterait sur le premier d'entre eux en appelant au secours.

— C'est Loubet qui marchait le premier, dit lentement le commissaire.

— Et mon neveu, à cause de moi, parce que je lui ai expliqué le fonctionnement de police-secours, a brisé les vitres, ajouta André Lecœur.

Les petites croix prenaient vie. Ce qui, au début, avait été un mystère, devenait presque simple, mais tragique.

Le plus tragique, peut-être, c'était cette question de gros sous,[98] c'était la prime pour laquelle un gosse de dix ans s'imposait ces transes et risquait sa peau.

Le père s'était mis à pleurer, doucement, sans

hoquets, sans sanglots, et il ne pensait pas à cacher
ses larmes.   Il n'avait plus de nerfs, plus de réactions.
Il était entouré d'objets étrangers, d'instruments
barbares, d'hommes qui parlaient de lui comme s'il
était un autre, comme s'il n'était pas présent, et son
frère était parmi ces hommes, un frère qu'il reconnaissait à peine et qu'il regardait avec un involontaire
respect.

Les phrases devenaient plus courtes, parce que
Lecœur et le commissaire se comprenaient à mi-mot.[99]

— Loubet ne pouvait pas rentrer chez lui.

— Ni pénétrer dans un bar avec l'enfant sur ses
talons.

André Lecœur, soudain, souriait malgré lui.

— L'homme n'a pas imaginé que le gamin n'avait-
pas un centime en poche et qu'il aurait pu lui échapper
en prenant le métro.

Mais non! Cela ne tenait pas. Bib l'avait vu,
donnerait de lui un signalement précis.

Le Trocadéro. Le quartier de l'Étoile. Du temps
s'était écoulé. Il faisait presque jour. Des gens
sortaient des maisons. On entendait des pas sur les
trottoirs.

Il n'était plus possible, sans arme, de tuer un enfant
dans la rue sans attirer l'attention.

— D'une façon ou d'une autre, ils se sont rejoints,
décida le commissaire avec l'air de se secouer, comme
après un cauchemar.

Au même moment une lampe s'allumait. Comme
s'il savait que cela concernait l'affaire, Lecœur
répondait à la place de son collègue.

— Oui... Je m'en doutais... Merci...

Il expliqua:

— C'est au sujet des deux oranges. On vient de trouver un jeune Nord-Africain endormi dans la salle d'attente des troisièmes classes, à la Gare du Nord. Il avait encore une des oranges en poche. Il s'est enfui ce matin de chez lui, dans le XVIIIe, parce qu'on l'avait battu.

— Tu crois que Bib est mort?

Olivier Lecœur tirait sur ses doigts à les briser.[100]

— S'il était mort, Loubet serait rentré chez lui, car, en somme, il n'aurait plus rien à craindre.

La lutte continuait donc, dans un Paris enfin ensoleillé, où des familles promenaient leurs enfants endimanchés.

— Sans doute, dans la foule, craignant de perdre la piste, Bib s'est-il rapproché...

Il fallait que Loubet ait pu lui parler, le menacer de son arme.

« — Si tu appelles, je tire... »

Et ainsi chacun d'eux poursuivait-il son but: se débarrasser du gosse, pour l'un, en l'entraînant dans un endroit désert où le meurtre serait possible; donner l'alarme, pour l'autre, sans que son compagnon eût le temps de tirer.

Chacun se méfiait de l'autre. Chacun jouait sa vie.

— Loubet ne s'est certainement pas dirigé vers le centre de la ville, où les agents sont trop nombreux. D'autant que la plupart d'entre eux le connaissent.

De l'Étoile, ils avaient dû remonter vers le Montmartre, non des boîtes de nuit, mais des petites gens, vers des rues mornes qui, un jour comme celui-ci, avaient leur visage le plus provincial.

Il était deux heures et demie. Est-ce qu'ils avaient mangé? Est-ce que Loubet, malgré la menace qui pesait sur lui, avait pu rester si longtemps sans boire?

— Dites-moi, monsieur le commissaire…

André Lecœur avait beau faire,[101] il n'arrivait pas à parler avec assurance, il gardait l'impression d'usurper une fonction qui n'était pas la sienne.

— Il y a des centaines de petits bars à Paris, je le sais. Mais, en commençant par les quartiers les plus probables, et en y mettant beaucoup de monde…

Non seulement ceux qui étaient là s'y attelèrent, mais Saillard alerta le quai des Orfèvres, où six inspecteurs de service s'installèrent chacun devant un téléphone.

— Allô! *Le Bar des Amis*? Est-ce que vous n'avez pas vu, depuis ce matin, un homme d'un certain âge,[102] en pardessus noir, accompagné d'un gamin d'une dizaine d'années?

Lecœur traçait à nouveau des croix, non plus dans son carnet, mais dans le Bottin.[103] Celui-ci comportait dix pages de bars aux noms plus ou moins pittoresques. Quelques-uns étaient fermés. Dans d'autres on entendait de la musique.

Sur un plan qu'on avait déplié sur la table, on marquait les rues au crayon bleu, au fur et à mesure, et c'est derrière la place Clichy, dans une sorte de passage assez mal famé, qu'on put inscrire la première marque en rouge.

— Il y a eu un type comme ça vers midi. Il a bu trois calvados et a commandé un vin blanc pour le petit. Celui-ci ne voulait pas le boire. Il l'a bu quand même et a mangé deux œufs durs…

A voir le visage d'Olivier Lecœur, on aurait pu croire qu'il venait d'entendre la voix de son fils.

— Vous ne savez pas où ils sont allés?

— Vers les Batignolles... L'homme en avait déjà dans les voiles...[104]

Le père, lui aussi, aurait bien voulu saisir un appareil téléphonique, mais il n'y en avait plus de disponible et il allait de l'un à l'autre, les sourcils froncés.

— Allô! Le *Zanzi Bar*? Est-ce que vous avez vu, depuis ce matin...?

C'était une ritournelle et, quand un des hommes cessait de la prononcer, un autre la reprenait au bout de la pièce.

Rue Damrémont. Tout en haut de Montmartre. A une heure et demie; ses mouvements devenaient maladroits, l'homme avait cassé un verre. Le gamin avait fait mine de se diriger vers l'urinoir et son compagnon l'avait suivi. Alors, le gosse y avait renoncé, comme s'il avait peur.

— Un drôle de type. Il ricanait tout le temps, de l'air d'un qui fait une bonne blague.

— Tu entends, Olivier? Bib était toujours là, il y a une heure quarante...

André Lecœur, à présent, avait peur de dire ce qu'il pensait. La lutte touchait à sa fin. Du moment que Loubet avait commencé à boire, il continuerait jusqu'au bout. Était-ce une chance pour l'enfant?

D'une façon, oui, si celui-ci avait la patience d'attendre et ne risquait pas une démarche inutile.

Mais s'il se trompait, s'il croyait son compagnon plus ivre qu'il n'était réellement, si...

Le regard d'André Lecœur tomba sur son frère et il

eut la vision de ce qu'Olivier aurait été si, par miracle,
son asthme ne l'avait empêché de boire.

— Oui... Vous dites ?... Boulevard Ney ?

On en arrivait aux limites de Paris, et cela indi-
quait que l'ancien policier n'était pas aussi ivre
qu'il le paraissait. Il allait son petit bonhomme de
chemin,[105] emmenait peu à peu l'enfant, d'une façon
quasi insensible, en dehors de la ville, vers les terrains
vagues de la banlieue.

Trois cars de police étaient déjà partis pour ce
quartier. On y envoyait tous les agents cyclistes
disponibles. Janvier lui-même s'élança dans la
petite auto du commissaire et on eut toutes les peines
du monde à empêcher le père de l'accompagner.

— Puisque je te dis que c'est ici que tu auras les
premières nouvelles...

Personne n'avait le temps de préparer du café. On
était surexcité malgré soi. On finissait par parler
nerveusement, du bout des dents.[106]

— Allô ! L'*Orient Bar* ? Allô ! Qui est à l'appareil ?...

C'était André Lecœur qui parlait, qui se levait,
l'écouteur à l'oreille, faisait de drôles de signes et,
pour un peu, se serait mis à trépigner.

— Comment ?... Pas si près de l'appareil...

Alors, les autres entendaient résonner une voix
aiguë, comme une voix de femme.

— Qui que ce soit, prévenez la police que... Allô !...
Prévenez la police que je le tiens... le tueur...
Allô !... Comment ?... Oncle André ?...

La voix baissait d'un ton, devenait angoissée.

— Je vous dis que je tire... Oncle André !...

Lecœur ne sut pas qui prenait le récepteur à sa place.

Il avait bondi dans l'escalier. Il défonçait presque la porte du bureau du télégraphiste.

— Vite!...   L'*Orient Bar*, porte de Clignancourt... Tous les hommes disponibles...

Il n'attendait pas d'entendre l'appel, descendait en sautant les marches quatre à quatre, s'arrêtait sur le seuil du grand bureau, stupéfait de voir tout le monde immobile, comme détendu.

C'était Saillard qui tenait le récepteur dans lequel une voix disait, grasse et faubourienne :

— Ça va!...   Vous rongez pas les sangs...[107]   Je lui ai flanqué une bouteille sur la tête...   Il a son compte...[108]   Je ne sais pas ce qu'il voulait au gamin, mais...   Comment?...   Vous désirez lui parler?... Viens ici, petit...   Donne-moi ton pétard...   Je n'aime pas beaucoup ces joujoux-là...   Mais, dis donc, il n'est pas chargé...

Une autre voix.

— C'est vous, oncle André?

Le commissaire, l'écouteur à la main, regarda autour de lui et ce ne fut pas à André Lecœur, mais à Olivier qu'il le tendit.

— Oncle André?...   Je l'ai!...   Le tueur!...   J'ai la pri...

— Allô!   Bib...

— Hein?

— Allô!   Bib, c'est...

— Qu'est-ce que tu fais là, papa?

— Rien...   J'attendais...   Je...

— Je suis content, tu sais...   Attends...   Voilà des agents cyclistes qui arrivent...   Ils veulent me parler...   Une auto s'arrête...

Des bruits confus, des voix enchevêtrées, des heurts
de verres. Olivier Lecœur tenait gauchement l'appareil
en regardant la carte, peut-être sans la voir. C'était
très loin, là-haut, tout au nord de la ville, un vaste
carrefour balayé par le vent.

— Je pars avec eux...

Une autre voix.

— C'est vous, patron? Ici, Janvier...

On aurait pu croire que c'était Olivier Lecœur
qui avait reçu le coup de bouteille sur la tête, à la
façon dont il tendit l'appareil dans le vide.

— Il est complètement schlass... patron. Quand
le gosse a entendu la sonnerie du téléphone, il a
compris que c'était sa chance: il est parvenu à saisir
le revolver dans la poche de Loubet et il a bondi...
Grâce au patron, un dur, qui a assommé l'homme sans
hésiter...

Une petite lampe s'allumait au tableau, celle du
quartier Clignancourt. Passant la main par-dessus
l'épaule de son collègue, André Lecœur poussait la
fiche dans un trou.

— Allô! Votre car vient de sortir?...

— Quelqu'un a défoncé la vitre de l'avertisseur,
place Clignancourt, pour nous annoncer qu'il y a du
vilain[109] dans un bar... Allô!... Je vous rappelle?

Inutile, cette fois.

Pas besoin non plus de tracer une petite croix dans
le calepin.

Un gosse, tout fier, traversait Paris dans une
voiture de police.

Notes

Abbreviations: *F*: familiar, colloquial; *P*: popular.
(*The figures refer to the numbers in the text.*)

1. *Et ça, ce n'est pas une idée*: 'And that's not just imagination.'
2. *le coup de fatigue*: the worst moment of tiredness.
3. *arrondissement*: Paris is divided into twenty *arrondissements*, or wards, each having a local authority, and being subdivided into four *quartiers*.
4. *car*: 'police car.' The French one, unlike our standard police car, is a large vehicle similar to a shooting-brake.
5. *la nuit de Noël*: Christmas Eve, not Christmas night.
6. *aux jambes molles*: with legs weak from fatigue.
7. *huit jours*: 'a week.'
8. *le Palais de Justice*: the Law Courts.
9. *quand ils avaient le vin méchant*: 'when they became troublesome with drink,' just as *avoir le vin gai* would be 'to be merry with drink.'
10. *boîtes de nuit*: all-night drinking and dancing places.
11. *écume*: here *écume de mer*, 'meerschaum.'
12. *surpris que quelqu'un eût l'idée*: note the Subjunctive: 'surprised that anyone should have the idea.'
13. *fit*: 'said.' Often used as an alternative to *dit*.
14. *si le tueur fait des siennes*: 'if the killer gets up to his tricks.'
15. *la Police Judiciaire*: the section of police concerned with criminal offences, as the *police municipale* deals with civil law and order. More or less the equivalent of the C.I.D.
16. *un point c'est tout*: *F*: 'and that's that.' Literally, 'full stop, and that's all,' as at the end of a dictation.
17. *tenu à*: 'obliged to.'
18. *ce qu'il devenait*: 'what became of him,' 'what happened to him.'
19. *se lèvent; montent; préparent; aillent*: all Subjunctive, expressing the indefinite future after *attendre que*.

20. *réveillon*: the supper held on Christmas morning after midnight mass.

21. *saisis par le froid*: 'overcome by the cold.'

22. *fût*: Imperfect Subjunctive after *sans que*, the whole clause meaning 'but neither was that regular.'

23. *vingt-quatre heures sur vingt-quatre*: 'twenty-four hours out of the twenty-four.'

24. *le frère*: 'our friend.'

25. *un bon bout de chemin*: *F*: 'a good step.'

26. *allait bon train*: 'was going at some speed.'

27. *il ne régnait pas une température à flâner*: 'it was hardly the temperature for dawdling.'

28. *le Trocadéro*: this building has been replaced by the Palais de Chaillot (see map on pp. 8–9.).

29. *le Petit Poucet*: Hop o' my Thumb. The old tale (retold for French children by Perrault in 1697) describes how when their parents took Hop o' my Thumb and his brothers and sisters to a forest to abandon them, Hop o' my Thumb scattered first white pebbles and then crumbs as they walked along, so that they could find the way back.

30. *Vos gueules, vous autres!*: *P*: 'Shut up, you lot!' *Vos gueules!* is short for *Fermez vos gueules!*

31. *en train de nous casser les oreilles avec son boudin*: 'driving us crazy with (the story of) his black pudding.'

32. *elle a entendu courir*: 'she heard someone running.'

33. *P.J.*: Police Judiciaire. See note 15.

34. *Bon réveillon, vous autres?*: 'Had a good supper, you chaps?'

35. *s'il avait pris au plus court*: 'if he had taken the shortest way.'

36. *un type... d'habiter l'Étoile*: the Étoile is one of the better-class districts of Paris.

37. *dix bonnes minutes*: note the similarity of idea in the English: 'a good ten minutes.'

38. *dans le XVIIIᵉ*: i.e., *dans le XVIIIᵉ arrondissement*.

39. *le Central*: *i.e., le Central téléphonique*, main switchboard.

40. *ayez*: Subjunctive after the impersonal *se fait-il*.

41. *mi-figue, mi-raisin*: 'dubious,' 'hesitant.' A picturesque idiom.

42. *Et Gonesse de grommeler*: an example of the historic infinitive—*i.e.*, an infinitive serving as a finite verb: 'and Gonesse growled.'

43. *sur la cour*: 'overlooking the courtyard.'
44. *l'Identité judiciaire*: 'the Criminal Records Office.'
45. *juge d'instruction*: 'examining magistrate.'
46. *faire bon ménage avec leur destin*: 'to come to terms with, make the best of, their lot.'
47. *il me ressemble en plus pâle*: 'he is like me, only paler,' 'he is a paler version of myself.'
48. *en a toujours voulu à*: *en vouloir à* = 'to bear a grudge against.'
49. *l'heure creuse*: 'the slack period.'
50. *le Central*: see note 39.
51. *prêtait à la petite semaine*: 'used to lend money on short term and at high interest.'
52. *Ils vivent tous les deux*: 'they live for each other.'
53. *les Halles*: the central market of Paris, similar to Covent Garden.
54. *la Préfecture*: here *la Préfecture de Police*, 'police headquarters.'
55. *ce n'est pas la peine*: *F*: 'it isn't worth while.'
56. *avait marché à en perdre le souffle*: 'had walked so fast and so much as to be completely out of breath.'
57. *Merci*: 'No, thank you.' In English, 'thank you' might be said in acceptance, but in French it normally conveys refusal.
58. *seulement*: 'only' in the sense of 'even': 'was he even aware that...'
59. *c'est tout juste si... ne*: 'he all but . . .'
60. *progrès*: note the use of the plural, where the English word is singular.
61. *Des crises pareilles, il lui en avait vu piquer tout gamin*: 'he had seen him have attacks like this even as a small boy.'
62. *qui aurait lancé à chacun ses quatre vérités*: 'who would have hurled home truths at everybody.'
63. *alors qu'on s'y attendait le moins*: 'just when it was least expected.'
64. *Je n'avais plus de quoi prendre le métro*: 'I hadn't enough left to take the Underground.'
65. *de la nuit*: 'the whole night long.'
66. *les épaules rentrées*: 'with drooping shoulders.'
67. *les Grands Boulevards*: the wide streets of the area between the Madeleine and the Place de la Bastille, including the Boulevard des Capucines, Boulevard St Denis, etc (See map on pp. 8–9.)

68. *ils ne tiendraient pas le coup*: 'they wouldn't be able to stick it.'
69. *et comment les rendrait-il jamais, Seigneur?*: 'and how in Heaven's name would he ever pay them back?'
70. *tables bien garnies*: 'tables loaded with good things.'
71. *à sa pointure*: exactly equivalent to the English 'made (to measure) for him.'
72. *C'est la règle*: 'that's the usual thing.'
73. *Je ne vous en veux pas*: see note 48.
74. *L'enfant devait s'y connaître*: 'the child must have known all about that.'
75. *Je n'y peux rien!*: 'I can't help it!'
76. *linotypes*: 'linotype machines' (for setting up type), operating on the same principle as the typewriter.
77. *à gorge déployée*: 'at the top of their voices.'
78. *l'homme du standard*: 'the man at the switchboard.'
79. *Fais fouiller sérieusement la gare*: 'have the station thoroughly searched.'
80. *l'identité judiciaire*: see note 44.
81. *N'aurait-il vu... aurait suffi*: 'Even if he had only seen the feet on the floor, that, added to the fact that there was a light in the room, would have been enough.'
82. *Si vous croyez...*: 'Do you imagine...?'
83. *des années durant*: 'over a period of years.'
84. *décanté*: literally, 'decanted,' here suggesting that the superfluous had been eliminated, and only the essence of the events remained.
85. *c'en était éblouissant*: 'it was dazzled by it.'
86. *la direction du personnel*: 'the Establishments Branch.'
87. *toucher*: here, 'to contact.'
88. *Lecœur sentit sa poitrine se serrer*: *se serrer* (literally) 'to tighten.' 'Lecœur felt his heart sink.'
89. *conseil de discipline*: disciplinary board.
90. *devenu*: see note 18.
91. *faire chanter*: 'to blackmail.'
92. *se serrer*: see note 88.
93. *sur le bout des doigts*: usually 'at one's finger-tips,' but here, used after *connaître*, it is rather 'like the back of his hand,' 'through and through.'
94. *à fleur de peau*: literally, 'level with his skin.' Translate 'bulging.'
95. *le coq de son village*: 'cock of the walk in his village.'
96. *aveugle*: usually 'blind' or 'without windows.' Here, 'unseeing,' 'oblivious.'

97. *au remboursement improbable*: 'unlikely to be paid back.'
98. *cette question de gros sous*: 'this question of £.s.d.'
99. *à mi-mot*: 'with much left unsaid.'
100. *à les briser*: 'enough to break them.'
101. *André Lecœur avait beau faire...*: 'whatever he did, André Lecœur...'
102. *d'un certain âge*: 'middle-aged,' 'getting on.'   Equivalent to the English 'of *un*certain age'!
103. *le Bottin*: 'the street and trade directory' (published by Didot-Bottin).
104. *L'homme en avait déjà dans les voiles*: 'the man was already half seas over.'
105. *Il allait son petit bonhomme de chemin*: 'He was jogging quietly along.'
106. *du bout des dents*: 'with an effort.'
107. *Vous rongez pas les sangs*: *F*: 'Don't worry.'
108. *Il a son compte*: *F*: 'He's had it.'
109. *du vilain*: *F*: 'a disturbance.'

Vocabulaire

aboutir, to converge on, to reach

accabler, to overwhelm, to crush, to be hard on

s'accouder, to lean on one's elbows

accrocher, to hook, to hang

accroître, to increase

acquit (*m.*), release ; discharge ; **par acquit de conscience,** for form's sake

actualités (*f. pl.*), news

administration (*f.*), service

advenir, to happen, to occur

agent (*m.*), policeman

s'agiter, to move about

agresseur (*m.*), assailant

ahurissement (*m.*), bewilderment

aigrir, to embitter

aigu (*f.* **-uë**), keen, acute, shrill

d'ailleurs, besides

aîné, elder, eldest

air (*m.*), air; **air de famille,** family likeness

alentours (*m. pl.*), vicinity

allure (*f.*), pace

alors que, when, even though

alvéole (*m. or f.*), pigeon-hole

ambiant, surrounding, encompassing

amer, bitter

ampoule (*f.*), (electric light) bulb

ancien, former

annuaire (*m.*), telephone directory

appareil (*m.*), instrument, set

appel (*m.*), call

s'appesantir, to fall heavily, to weigh down

appui (*m.*), sill

d'après, according to

après-demain, the day after tomorrow

arpenter, to pace up and down

arracher (à), to tear (from, out of, etc.)

arrondi, rounded

assassinat (*m.*), murder

assister à, to attend, to take part in

assommer, to stun, to knock on the head

s'assoupir, to grow drowsy, to doze off

atelier (*m.*), workshop

s'atteler, *F*: to get down to, to buckle to

attenant à, adjoining

s'attendre à, to expect

attendri, compassionate, touched

attirer, to draw, to attract

auparavant, previously

autant... autant, just as ... so

avaler, to swallow

avertir, to notify, to warn

avertissement (*m.*), warning

avertisseur (*m.*), alarm, call-box
avis (*m.*), opinion

balayer, to sweep
balbutier, to stammer, to mumble
balle (*f.*), bullet
banal, commonplace
banlieue (*f.*), suburb
banlieusard, suburban
banquette (*f.*), seat, bench
baraque (*f.*), hut, hovel
barbu, bearded
bariolé, many-coloured, varied
barre (*f.*), bar, rod
barrière (*f.*), gate
bâtir, to build
battre, to beat
bavarder, to chat, to gossip
belle-mère (*f.*), mother-in-law
bénéfice (*m.*), profit
se bercer de, to nurse
bestiole (*f.*), small beast
biberon (*m.*), feeding-bottle
billet (*m.*), note
bise (*f.*), (North) wind
bitumé, tarred; **carton bitumé,** tarred felt, roofing felt
blague (*f.*), humbug, joke; **sans blague?,** seriously?
blessé, hurt, wounded
blouson (*m.*), tunic, jacket
boîte (*f.*), box
bondir, to leap
bonne (*f.*), maid(-servant)
borne (*f.*), post; call-box
boudin (*m.*), black pudding
bourdonner, to buzz, to murmur
bourgeois, middle-class
bourrer, to fill
bout (*m.*), end; bit, piece
bouton (*m.*), knob (of door), button; pimple

brigade (*f.*), brigade, squad; **brigade des homicides,** murder squad
brigadier (*m.*), (police) sergeant
brin (*m.*), twig
brique (*f.*), brick
briser, to break
broc (*m.*), pitcher, (large) jug
buée (*f.*), steam, vapour
buffet (*m.*), sideboard
bureau (*m.*), desk; office
but (*m.*), goal, aim; **de but en blanc,** all at once

cabaret (*m.*), restaurant
cachet (*m.*), tablet
cafetière (*f.*), coffee-pot
cagibi (*m.*), lumber-room
caisse (*f.*), packing-case
calepin (*m.*), note-book
à califourchon, astride
calvados (*m.*), calvados; brandy made from apples
cambrioleur (*m.*), housebreaker, burglar
caqueter, to cackle
car (*m.*), (police-)car
carnet (*m.*), note-book
carreau (*m.*), (window-)pane; **à carreaux,** chequered
carrefour (*m.*), square, crossroads, circus
carte (*f.*), map; card; **carte d'étranger,** alien's permit
carton (*m.*), cardboard; **carton bitumé,** tarred felt, roofing felt
cartouche (*f.*), cartridge
casque d'écoute, casque téléphonique (*m.*), headphones
casquette (*f.*), cap
casse-croûte (*m.*), snack, packed meal

cauchemar (*m.*), nightmare

ceinturon (*m.*), belt

célibataire, single; un célibataire, a bachelor

centaine (*f.*), a hundred (approximately)

central (téléphonique) (*m.*), telephone exchange

cerveau (*m.*), brain

chair (*f.*), flesh

chance (*f.*), chance; luck

charcuterie (fine) (*f.*), cooked meats

charger, to load

se charger de, to undertake

charrette (*f.*), barrow

chasser, to chase, to drive

chauffage (*m.*), heating

(se) chauffer, to warm (oneself)

chaussure (*f.*), shoe

chemise (*f.*), nightshirt, shirt

cheville (*f.*), ankle

chipie (*f.*), *F*: ill-natured woman; vieille chipie, old cat

chômage (*m.*), unemployment

cierge (*m.*), candle

cil (*m.*), eyelash

circulation (*f.*), traffic

circuler, to move about, to walk

clair, clear, light, bright

claire-voie (*f.*), lattice, wicket

classer, to file, to sort

clef (*f.*), key; clef anglaise, spanner, monkey-wrench

clignoter, to blink, to twitch

cliquetis (*m.*), rattling

clochard (*m.*), tramp

cohue (*f.*), crowd, mob

coiffé de, wearing on one's head

col (*m.*), collar

colonne (*f.*), column

coltiner, to carry (of porters, etc.)

commissariat (*m.*), divisional police station

comporter to include

se comporter, to behave

y compris, including

compromettre, to compromise

compte (*m.*), account

comptoir (*m.*), counter

concierge (*m.* and *f.*), porter, caretaker

congédier, to dismiss

conseil (*m.*), council; advice

consommateur (*m.*), customer (in restaurant, etc.)

constatation (*f.*), statement, establishment of fact

constater, to establish (a fact), to state

contenance (*f.*), countenance; par contenance, to keep oneself in countenance

contondant, blunt

contrôler, to check

convoiter, to covet

couche (*f.*), layer; napkin

coup (*m.*), blow; coup de feu, coup de revolver, shot; coup sur coup, in rapid succession; du premier coup, right away

au courant, in touch, well informed; être au courant de, to know about

courber, to bow, to bend; courber l'échine, to toady, to kow-tow

courrier (*m.*), post, mail

course (*f.*), errand; running; à la course, in a race

court, short; pris de court, caught napping

coûter, to cost

crapule (*f.*), scoundrel

creux, slack; hollow

crispation (*f.*), twitching, clenching

crisper, to clench; to put on edge

crisser, to grate

crochet (*m.*), sharp turn

croiser, to cross, to pass, to meet; **mots croisés**, crosswords

cru, harsh

cuisse (*f.*), thigh; **à mi-cuisse**, to half-way up the thigh

cuver, to ferment; **cuver son vin**, to sleep off one's drink

davantage, more

déballer, to unpack

se débarrasser (**de**), to get rid (of)

début (*m.*), beginning

déchoir, to fall (in esteem)

déchu, fallen, decayed

décrépit, tumble-down

décrocher, to unhook, to take off

défait, undone, in disorder

défi (*m.*), defiance, challenge

défoncer, to smash in

déguster, to sample, to sip

délirant, delirious, frenzied

démarche (*m.*), step

dément (*m.*), madman

dépense (*f.*), expenditure, expense

dépit (*m.*), spite, malice

déplier, to unfold, to spread out

dépôt (*m.*), police station; **au dépôt**, in the cells

déprimé, depressed

déranger, to disturb, to inconvenience

dérouter, to throw off the scent, to put off

désigner, to point out

dessus, on; **mettre la main dessus**, to get hold of

détendre, to slacken, to relax

déterminé, definite

détourner, to turn away

dévisager, to stare at, to scrutinize

dicter, to dictate

dinde (*f.*), (hen-)turkey

directeur (*m.*), manager, supervisor

se diriger, to make one's way

discuter, to discuss, to argue

disparition (*f.*), disappearance

disponible, available

dissertation (*f.*), discourse

distrait, inattentive, absent-minded

dominer, to overlook, to tower over

donnée (*f.*), given fact, particular

dont, whose, of whom; including

douleur (*f.*), grief, suffering

se douter de, to suspect

se dresser, to stand, to rise

droit, straight

dur, hard; **un dur**, a tough

durcir, to harden

durée (*f.*), duration

écarquiller, to open wide (of the eyes)

s'échapper, to escape, to come out

écheance (*f.*), date (of payment), falling due (of debt)

échelon (*m.*), rung, grade; **à un échelon quelconque**, of any rank

échine (*f.*), spine; **courber l'échine**, to toady, to kow-tow

éclairer, to light

s'éclairer, to light up

éclat (*m.*), glory, brilliance

éclater, to splinter; **faire éclater**, to smash

écolier (*m.*), schoolboy

s'écouler, to pass (of time)

écouter, to listen; écoute!, I say!, look here!

écouteur (*m.*), head-phone

effacer, to wipe away

s'efforcer, to strive, to do one's utmost

effraction (*f.*), housebreaking, breaking in

effrayant, frightening

également, equally; also

égarer, to lose; égaré, distracted

éloigner, to remove, to get (someone) out of the way

s'éloigner, to move away

embaucher, to hire, to take on

émeute (*f.*), riot, disturbance

émission (*f.*), broadcast

emplette (*f.*), purchase; faire ses emplettes, to shop

empreinte (*f.*), imprint, impression

ému, agitated, excited

encadrer, to frame, to surround

encaissement (*m.*), collection (of money)

enchevêtré, confused

encombrer (de), to saddle (with)

endimanché, in Sunday clothes

endormi, drowsy, sleepy

endosser, to put on

enfoncer, to thrust, to insert

s'engouffrer, to be swallowed up

s'ennuyer, to be bored, *F*: to be fed up

enquête (*f.*), inquiry

entendre, to hear; to intend

entente (*f.*), understanding

enterrement (*m.*), funeral

entraîner, to drag, to draw

entresol (*m.*), entresol, mezzanine floor

entretenir, to keep going

entretien (*m.*), conversation

entr'ouvrir, to half open

environs (*m. pl.*), neighbourhood

épais, thick, thickset

éparpillé, scattered

épicerie (*f.*), grocer's (shop)

éprouver, to feel

équipe (*f.*), team, shift

escalade (*f.*), climb; housebreaking

esclandre (*m.*), scene

essuyer, to wipe

est (*m.*), east

estompé, blurred

étalage (*m.*), stall, display

éteindre, to put out

s'étendre, to stretch oneself out, to lie down

étonnant, astonishing

étranger (*m.*), foreigner, alien

éveiller, to wake

s'éveiller, to wake up

événement (*m.*), happening

évidence (*f.*), piece of evidence

éviter, to avoid

exigu (*f.* -uë), tiny

extrémité (*f.*), end

faillir: faillir faire quelque chose, almost to do something

fait (*m.*), fact; au fait, after all

falot, wan

famé, reputed

fameux, fine, first-rate

farce (*f.*), practical joke; faire une farce à, to play a trick on

fatalement, fatally, inevitably

faubourien, suburban, common (of voice)

faute de, for want of, failing

faux, false; faire fausse route, to be on the wrong track, to take the wrong line

fébrile, feverish, restless

fer (*m.*), iron; **coup de fer,** pressing; **boîte en fer,** canister

fête (*f.*), festivity, holiday

fêter, to celebrate

fétu (*m.*), straw; **un fétu de paille,** a straw

feuilleter, to dip into, to skim through

feuilleton (*m.*), serial

feutre (*m.*), felt hat

fiche (*f.*), plug; slip (of paper), card

fiévreusement, feverishly

fiévreux, feverish

fil (*m.*), wire; **au bout du fil,** on the phone

filature (*f.*), shadowing

flanquer, *F:* to throw; to fetch (someone) a blow (with)

flic (*m.*), *F:* cop

à la fois, at the same time

fonction (*f.*), function; office; **en fonction,** on duty, working

fonctionnement (*m.*), working

fond (*m.*), bottom; **au fond de,** at the back of; **un fond de café** some dregs of coffee; **à fond,** thoroughly

fondre, to melt; **fondre sur,** to descend upon

formule (*f.*), (printed) form

fouiller, to search, to go through

foyer (*m.*), grate, fireplace

frais (*f.* **fraîche**), cold, fresh

franchement, frankly

franchir, to cross

frémir, to shake, to tremble

frigorifié, frozen

frileusement, huddled up (with cold)

frileux, sensitive to the cold

froncer, to frown, to knit (one's brows)

front (*m.*), forehead

fumet (*m.*), smell

fur: au fur et à mesure, progressively

futile, trifling

fuyant, shifty

gâcher, to spoil

gaillard (*m.*), fellow

garce (*f.*), *P:* bitch (as term of abuse)

gardien (*m.*), caretaker, watchman

gars (*m.*), *F:* young fellow, lad

gaspiller, to waste

gauchement, awkwardly

gel (*m.*), frost

gendre (*m.*), son-in-law

gêner, to embarrass

se gêner, to be embarrassed

geste (*m.*), gesture

givre (*m.*), frost; **fleurs de givre,** flower-patterns of frost

glace (*f.*), ice

glacé, icy

se glisser, slip, slide, to creep

gorgée (*f.*), gulp; **petite gorgée,** sip

gosse (*m.* or *f.*), *F:* youngster, kid

gouttière (*f.*), gutter; **le tuyau de la gouttière** drain-pipe

gras, thick

gratter, to scratch

grève (*f.*), strike

grille (*f.*), grating, bars, railings

grimper, to climb

grisaille (*f.*), greyness

grog (*m.*), toddy

grogner, to growl, to grumble

grommeler, to growl, to mutter

guetter, to watch, to wait for

guichet (*m.*), booking-office

haine (*f.*), hatred

haïr, to hate

haleine (*f.*), breath

hallucinant, hallucinating, nightmarish

à hauteur de, level with, opposite

hébétude (*f.*), dazed condition

hériter, to inherit; **hériter de,** to be heir to

hétéroclite, strange

heurt (*m.*), knock, clink; shock; **sans heurt,** smoothly

heurter, to run into, to collide with

histoire (*f.*), story, affair, matter

hôpital (*m.*), hospital; workhouse

hoquet (*m.*), gasp, hiccup

houx (*m.*), holly

humanité (*f.*), mankind, world of people

humide, moist

humidité (*f.*), moisture

hypothèse (*f.*), theory

immeuble (*m.*), premises; block of flats; house

importer, to matter; **n'importe où,** anywhere; **n'importe quoi,** anything, no matter what

impressionnant, impressive

imprimerie (*f.*), printing works

inaccoutumé, unusual, unaccustomed

inadvertance (*f.*), inadvertence

inaperçu, unnoticed

inconscient, oblivious (to everything)

indication (*f.*), clue

indigné, indignant

inondé, flooded

inscrire, to enter, write down

s'inscrire, to put one's name down, to enrol

insensible, imperceptible

interlocuteur (*m.*), questioner, speaker

interpeller, to challenge

intervenir, to intervene, to interpose, to break in

intimité (*f.*), intimacy; **dans l'intimité,** at home, privately

isolé, isolated

ivre, drunk

ivrogne (*m.*), drunkard, drunk

jambon (*m.*), ham

jaunâtre, yellowish

jaunissement (*m.*), touch of yellow

jouer, to play; to gamble, to stake

jouet (*m.*), toy

joujou (*m.*), toy, plaything

jour (*m.*), day; daylight, light

journal (*m.*), newspaper; diary

jupe (*f.*), skirt

jurer, to swear

lâcher, to let go

lamentable, pitiful, woeful

lancer, to throw, to send out

se lasser, to tire

lavabo (*m.*), wash-basin

léger, light, slight

légiste (*m.*), jurist; **médecin légiste,** medical expert

lèvre (*f.*), lip

lieu (*m.*), place; **avoir lieu,** to take place; **sur les lieux,** to, on, the spot

linge (*m.*), washing

linotypiste (*m.*), linotypist

se **livrer (à),** to indulge (in)
local (*m.*), building
locataire (*m.*), tenant
loge (*f.*), lodge
logement (*m.*), rooms
longer, to go along
louche, shady
louer, to praise! **Dieu soit loué,** God be praised!, thank God!
loupe (*f.*), lens
lourdement, heavily
lueur (*f.*), glimmer
lumineux, brilliant
lutte (*f.*), struggle, battle

machinalement, automatically
mâchonner, to munch
magot (*m.*), *F*: hoard
main (*f.*), hand; **mettre la main dessus, sur,** to get hold of, to lay one's hands on; **à deux mains,** in both hands
maint, many (a)
maîtriser, to overcome, to master
maladif, sickly, weak
maladroit, clumsy
malin (*f.* -igne), *F*: shrewd
manche (*f.*), sleeve
marchand (*m.*), dealer; hawker
marteau (*m.*), hammer
matelas (*m.*), mattress
médiocrement, poorly
se **méfier de,** to distrust, to be on one's guard against
se **mêler (de),** to interfere, to take a hand (in)
même, even, same; **quand même,** all the same; **à même,** straight (on to)
ménage (*m.*), household; family; housework; **faire bon ménage,** to get on (with), **faire des ménages,** to go out charring

menottes (*f. pl.*), handcuffs
mentir, to lie
menu, small
mérite (*m.*), merit
méticuleux, meticulous
métier, (*m.*), business, occupation
Métro (le) (*m.*), (the) Underground
se **mettre à,** to begin to, to set oneself to
meubles (*m. pl.*), furniture
meurtre (*m.*), murder
meurtrier (*m.*), murderer
mi-, half; **à mi-voix,** in an undertone
micro (*m.*)=microphone, mouthpiece (of telephone)
mijoter, to cook slowly, to simmer
millier (*m.*), thousand (approximately)
mince, thin
mine (*f.*), appearance; **faire mine de,** to make as if to
minuscule, tiny
minutieux, scrupulous
mitaine (*f.*), mitten
mobile (*m.*), motive
modestement, simply, plainly
moindre, less; slightest
molle, *f.* of **mou**
mollement, feebly, weakly
morne, gloomy, dismal
mou (*f.* **molle**), soft, weak
mouiller, to moisten
moyenne (*f.*), average; **à la moyenne,** on an average

nettement, clearly
neurasthénie (*f.*), neurasthenia
neveu (*m.*), nephew
nocturne, nocturnal, night

noir, black, dark; **faire noir,** to be dark

noiraud, swarthy

noyer, to drown

nuiteux (*m.*), (man) on night duty

objecter, to interpose

obsédé (*m.*), man obsessed

observateur, observant

s'obstiner (à), to persist (in)

occurrence (*f.*), occurrence; **en l'occurrence,** in the circumstances

ongle (*m.*), (finger-)nail

opérer, to operate

or, now

orage (*m.*), storm

orfèvre (*m.*), goldsmith

orgueil (*m.*), pride, arrogance

oser, to dare

où que, wherever

outil (*m.*), tool, implement

outillé, equipped

en outre, besides

paille (*f.*), straw

paisible, peaceful

palier (*m.*), landing

pan (*m.*), piece; **pan de mur,** bare wall, piece of wall

parcourir, to pass through, to cover

pardessus (*m.*), overcoat

parent (*m.*), relation; **parents,** parents; relations

parenté, relationship

parfois, sometimes, now and again

parier, to bet

part (*f.*), place; part; **de ma part,** from me

partager, to share

parti (*m.*), course, decision, choice

partie (*f.*), match, game; part; **faire partie de,** to make one of; **une bonne partie,** a good few

à partir de, from, after

parvenir, to succeed

passant (*m.*), passer-by

se passer, to happen

passionner, to interest greatly, to intrigue

patron, -onne, master, mistress, boss, chief

patrouille (*f.*), patrol

patrouiller, to patrol

paupière (*f.*), eyelid

pavé (*m.*), pavement, paving

pavillon (*m.*), villa

paye (*f.*), pay, wages

peau (*f.*), skin; **peau de chamois,** chamois leather

peine (*f.*), trouble; **se donner la peine,** to take the trouble

(se) pencher, to lean, bend

pendaison (*f.*), (death by) hanging

pendre, to hang

péniche (*f.*), barge

pénombre (*f.*), shadow; half-light

permis (*m.*), permit; **permis de conduire,** driving licence

personnage (*m.*), character

pétard (*m.*), *P*: gun

pièce (*f.*), room

pignon (*m.*), gable(-end)

piqué, *F*: cracked; **un piqué,** a madman

piquer, *F*: to throw (a fit)

piste (*f.*), track, trail, scent

sur place, on the spot

plaisant (*m.*), joker; **mauvais plaisant,** practical joker plaisanter, to joke

plan (*m.*), map, plan

planche (*f.*), board, plank

plomb (*m.*), lead

plupart (*f.*), majority

poignard (*m.*), dagger

poing (*m.*), fist

point (*m.*), point, full-stop; quarter, part; **un point c'est tout,** and that's that

police-secours (*m.*), police assistance; **borne de police-secours,** police call-box

policier, relating to the police; **histoire policière,** detective story

pommette (*f.*), cheek(-bone)

pompier (*m.*), fireman

populaire, lower-class

populeux, populous

portefeuille (*m.*), wallet

portemanteau (*m.*), coat-rack

porte-monnaie (*m.*), purse

poste (*m.*), post, station; call-box

pourtant, nevertheless, and yet

poussière (*f.*), dust

pratiquer, to perform, to carry out

se précipiter, to rush (off)

préfecture (*f.*), prefect's office; **Préfecture de police,** police headquarters

préoccupé, thoughtful

se préoccuper, to be anxious

pressé, in a hurry

se presser, to hurry

prétendre, to claim, to assert

prêter, to lend, to attribute; **prêter attention,** to pay attention

prétexter, to plead, to use as a pretext

prévenir, to inform, to warn

prime (*f.*) (**d'annoncée**), reward

printanier, spring-like

privé, private; **agence de police privée,** private detective agency

se priver, to stint oneself, to go short

procéder, to operate; **procéder par effraction,** to break in

procurer, to procure, to get

se produire, to happen

projeter, to show (of film)

propre, clean; own

pudeur (*f.*), modesty, sense of shame, reticence

punaise (*f.*), bug

quai (*m.*), embankment, quay

quartier (*m.*), district

quasi, almost

quelconque, any; **pour une raison quelconque,** for some reason or other

queue (*f.*), tail; queue; **faire la queue,** to form a queue

quitter, to take off

racaille (*f.*), riff-raff

raccrocher, to ring off; to hang up

rageur, angry

rajuster, to readjust

ralenti, slow; **au ralenti,** in slow motion

ramasser, to pick up

rampe (*f.*), banister, hand-rail

rappeler (à), to remind, to call back

rappliquer, *P*: to come back

rapport (*m.*), report

raser, to shave; to graze; **raser les murs,** to hug the walls

rauque, hoarse

rayon (*m.*), shelf

se réaliser, to realize oneself

rebord (*m.*), (window-)ledge

recette (*f.*), recipe

réchaud (*m.*), small stove, hot-plate

réclamation (*f.*), request

rédiger, to draft

se redresser, to stand, sit, up straight (again)

refroidir, *P*: to kill; se faire refroidir, to get oneself bumped off

regagner, to get back to

regarder, to look (at); to concern

relâché, loosened

relève (*f.*), relief (of shift etc.)

relever, to notice

relier, to connect

remâcher, to brood over

remboursable, repayable

rembourser, to repay

se rendre, to betake oneself, to proceed

renforcer, to reinforce

renfort (*m.*), supply; à grand renfort de, with plenty of

renifler, to sniff; to snuffle

renoncer, to give up

renverser, to knock down, to overturn

renvoi (*m.*), dismissal

repêcher, to fish out

repousser, to push back, away

reprendre, to take back

restes (*m. pl.*), remains, leavings

retenir, to reserve; to retain

retirer, to take off

réunir, to bring together

revanche (*f.*), revenge

réveillonner, to take part in a *réveillon*, to stay up for Christmas (or New Year)

révoquer, to dismiss

rez-de-chaussée (*m.*), ground-floor

rhum (*m.*), rum

rhume (*m.*), cold

ricaner, to laugh derisively

rigueur (*f.*), strictness; à la rigueur, at a pinch

ritournelle (*f.*), refrain

rixe (*f.*), brawl

rôder, to loiter, to hang about

ronde (*f.*), round; à la ronde, around, all round

rôtir, to roast

rougir, to blush, to flush

rouleau (*m.*), roll, coil (of rope etc.); au bout de son rouleau, at the end of one's tether

rumeur (*f.*), murmur

saigner, to bleed

saint-honoré (*m.*), rich iced cake

Salut (*m.*), Salvation; salut!, hello !

sanglot (*m.*), sob

sanguin, full-blooded, red-faced

saoul, drunk

sauf, except

saugrenu, absurd

saut (*m.*), leap, jump; *F*: faire un saut, to pop over

saveur (*f.*), savour, zest

schlass, *P*: dead to the world

secouer, to shake

secours (*m.*), help, emergency

sens (*m.*), sense; meaning; direction

sentir, to feel; to smell of

sergent (*m.*), sergent de ville, policeman

sérieux, serious; genuine, bona fide

serrer, to shut up, to tighten

seuil (*m.*), threshold
sévir, to deal destruction
sieste (*f.*), nap
signalement (*m.*), description
signaler, to report; to describe, to give particulars of
siroter, *F*: to sip
soit, agreed
somme (*f.*), sum, amount
somme (*m.*), nap
sommeil (*m.*), sleep; **avoir sommeil**, to be sleepy
somnambule, sleepwalking
somnoler, to drowse, to doze
sonnerie (*f.*), ringing; bell
sonnette (*f.*), bell
souffle (*m.*), breath
soulagé, relieved, soothed
soulever, to pick up
soupirer, to sigh
sourcil (*m.*), eyebrow
souris (*f.*), mouse
sournois, furtive
se souvenir de, to remember
spectacle (*m.*), show, programme
standard (**téléphonique**) (*m.*), switchboard
subir, to undergo, to suffer
substitut (*m.*), deputy public prosecutor
suite (*f.*), continuation
supplier, to beg
supprimer, *F*: to kill, to do away with
surchauffer, to overheat
surexciter, to (over-)excite
surpeuplé, over-populated
surveillance (*f.*), supervision, surveillance
surveiller, to watch

tache (*f.*), stain
taché, stained

tailler (**dans**), cut out (of)
talon (*m.*), heel
tartine (*f.*), slice of bread and butter
tas (*m.*), quantity, heap
tassé, huddled
tâtonner, to grope
Tchèque (*m.*), Czech
teint, dyed
témoin (*m.*), witness
tendre, to hold out, to stretch out; **tendre l'oreille**, to prick up one's ears
tendu, firm; tense
se tenir à, to keep to
tenter, to attempt
terne, dull
timbre-poste (*m.*), (postage) stamp
tinter, to ring
tire (*f.*), pull; **vol à la tire**, pocket picking
tirelire (*f.*), money-box
tirer, to pull; to fire
toile (*f.*), linen
tomber, to fall; to strike; to die down
tonne (*f.*), ton
tour (*m.*), turn; stroll
toussoter, to cough slightly
trahir, to betray
traîneau (*m.*), sledge, sleigh
traîner, to drag along; to lie about; to carry with one
transes (*f . pl.*), fear, fright
travers (*m.*), breadth; **à travers**, through, across; **de travers**, askew
treillage (*m.*), wire-netting
trépigner, to fidget, to jump about
trottoir (*m.*), pavement
tueur (*m.*), killer

tuyau (*m.*), pipe; **tuyau de gouttière,** drain-pipe

type (*m.*), *F*: character, chap

uni, regular, unbroken

urinoir (*m.*), urinal

usine (*f.*), factory

vague (*f.*), wave

vague, vague; vacant; **terrains vagues,** waste ground

vaisselle (*f.*), dishes; **faire la vaisselle,** to wash up

valoir, to be worth

veille (*f.*), the day before, the eve

veiller, to keep watch; to stand by

vélo (*m.*), *F*: bicycle

velours (*m.*), velvet

vendeur (*m.*), **vendeuse** (*f.*), shop assistant

vent (*m.*), wind; **en plein vent,** in the open air

venteux, windswept

ver (*m.*), worm; **tirer les vers du nez,** *F*: to worm secrets from, to pump

vertigineux, dizzy

vestiaire (*m.*), cloakroom

victuailles (*f. pl.*), victuals, eatables

vider, to empty

vitre (*f.*), (window-)pane

voie (*f*), way, line, track; **sur la bonne voie,** on the right line

voire, nay, even (for emphasis)

voiture (*f.*), car; **voiture-radio,** wireless car

vraisemblable, probable, likely

zone (*f.*), zone, area; outskirts of Paris